ずっとキミが好き
彼女限定
Kanojo*Gentei
みらい
Kimi
ga
Suki

ただ恋をしただけなのに

なんで、こんなに辛《つら》いの…？

苦しいの…？

この切《せつ》ない片想いの答えは

いつになったら、見つかる…？

目次

＊Contents＊

モデル：有村架純　山田裕貴
撮影：藤沢大祐
スタイリスト：瀬川結美子（有村さん分）、手塚陽介（山田さん分）
ヘアメイク：尾曲いずみ（有村さん分）、仲田須賀（山田さん分）
撮影協力：鈴木絵都子

人物紹介

The Characters

Yuta Maejima

前島祐太

電車で亜美を助けた
長身・黒髪のイケメン。
冷たすぎる態度の裏に
優しさがあふれていて。

Ami Hasagawa

長谷川亜美

不良が苦手な女子高生。
恋愛には奥手だったはずが、
ユウタ先輩にひとめぼれを
してしまって…!?

Misaki

ミサキ

亜美の親友。サバサバと
した性格で、おとなしい
亜美をいつもリードして
くれる、頼れる存在。

Sayaka

さやか

謎の美少女。ユウタ先輩と
何か深い関係にあるようで
…!?

Tomoya Ninomiya

二宮智哉

男子が苦手な亜美も心を
許す男友達。亜美のことが
好きで、結構積極的に
アプローチしてくる。

恋に落ちた瞬間。

好きになった彼の心の中に
もしも大切な人がいたら——…

それは
“永遠の片想い”

でも
だけど

どうしようもなく
キミが好き

その日は、なんとなく嫌な予感がしていたんだ。
朝の駅のホーム。

「おまえ昨日派手にケンカしたんだって？」
「そん時のケガだろ、これ」
電車を待っていると、後ろに男の子たちが並んできた。

なんだか嫌な空気…だな……。
チラリと振り返れば。
っ、茶髪……。
しかも耳にはピアス。

それにケンカとか、こういう人たちは苦手だ。
あっちへ行こう。
せっかく並んで電車を待っていたけど仕方ない…か。

他校の男子だと思うけど、苦手なものは苦手。
だからとりあえず違う列へ。
すると今度は私の前に並んでいた女の子たちの会話が聞こえてくる。

「ねぇ、前にいる黒髪の男の子、すごくカッコイイんだけどっ」
「うん、見た見た。T高あたりの男子かなぁ」
………。
黒髪でカッコイイ男の子……？

今朝も、いつもと変わらない風景だと思っていた。
でも、いつもとは少し違っている。

恋愛には慎重な方だった
はずなのに―――

（やだ、さわられてる…？）

通学は基本的に電車。
バスよりも時間は正確なんだけどなぁ。
この毎朝のラッシュには、いつまで経《た》っても慣れそうにない。
息苦しくて私はずっとうつむいていた。
だから多分、“ターゲット”にされたんだ。

「っ……」
最初は、急カーブを曲がった電車の遠心力のせいだって思ってた。
誰かの身体が揺れて当たっただけだって……。
―――でも、違う
背後でモソモソと動く誰かの手。
痴漢《ちかん》……だ。
ニュースやドラマでは見たことがあった、こんな状況。
けど、まさかだった。
本当に自分がこんな体験をしてしまうなんて―――

＊＊＊＊＊＊＊

思えば、昨日から私は全然ついていなかった。

『亜美《あみ》も早く彼氏みつけたらー？』
親友のミサキには、ついに彼氏ができちゃうし。

『まだ２年生になったばっかだもん。急いでるわけじゃないし』
『何いってんの、もう２年でしょ』
『だから、あと２年はあるじゃん』
―――負けずに言い返したつもりが。
『高校生活なんてさぁ、ほんとあっという間だって』とミサキ。
『っ、それよりメロンパン食べよ、』
『えっ、メロンパン⁉』
『新発売の買ってきたんだ。半分こしよ、ミサキ』
だから最後はミサキの大好きなメロンパンで話を収めておいた。

しかも、それだけじゃない。

そっか……。
とうとうミサキにも彼氏ができたのかぁ。
放課後、複雑な気分で校門を出た時。

『あんた“長谷川《はせがわ》 亜美”だよな？　俺と付き合ってくれ』
隣の高校の不良に絡《から》まれた。

『私には、無理ですっ』
耳にピアスだとか、色のついた髪からして。
無理、絶対に無理！

『私、これから帰るんでっ』
『ちょ、おいっ』
たまーにされる告白は、なぜかこういう部類の人ばかり。
『やっぱり無理っ……、』
速攻で断ったあと、慣れないダッシュをして逃げた。

こんなの、最悪だ。
———そう。
昨日が一番ついていない日だと思っていたのに。

＊＊＊＊＊＊＊

「っ…、」
電車の中。
ゴツゴツとした手の感触に悪寒《おかん》が走った。
“触ってんじゃないよ！”
なんて、堂々と言えたらカッコイイのかもしれない。
でも、私にはそんな度胸もなければ、小さな声すら出ない。
結局されるがまま。
何もできない。
「……う、」
怖くなって、ギュっと目を閉じた。

誰か、助けて、
気持ち悪い……、
もうダメ。
う……っ……
完全に思考回路が止まりかけていた時。

「――――――っ……⁉」
突如、私の身体から消えた、あの気持ち悪い感触。
えっ、……
それと同時だった。

「なぁ、俺と一緒に警察にでも行こうか、」

耳に届いた、低い声。
もしかして、誰かが私を助けてくれた……？

満員電車の中。
ドアへ向かって立っている私は、身体をべったりドアへ寄せた
状態で、ずっと下を向いていた。
けど、声だけは、はっきりと聞こえてくる。

「ぼ、僕はっ、なにもしてないぞっ、してないっ」
「だったら、その手に持っているモノは何だよ」
「こ、これはっ」
私の背後で、いったい何が起こっているのか。
「なぁ、これもしかしてカメラ？」
「い、いやっ……」

「これで撮ってたんだろ」
「……そのカメラ、返せっ、」
「返してやるよ、警察に行ったらな」

男が逆ギレして暴れても少しも動じない男の子の声。
そのうち周囲の人たちも何事かと反応し始めた。

『ねぇ、痴漢だって！　そういえば私の知り合いが、この電車で痴漢に遭《あ》ったって言ってたし』
『うわ、その話、私も聞いたことがある』
ひそひそと交わされる会話に混じって。
『さっき触られた私っ、この人にっ』
とうとう私以外の被害者も手を上げた。
ここまで車内で騒ぎになれば、きっと痴漢だって逃げられない。

本当に助かったんだ、私……。
電車が止まってドアが開いた瞬間。
私は息苦しい車内から外へ飛び出した。
「はっ……」
電車を降りたあとも激しい動悸《どうき》がしてくる。
右手で胸を押さえながら、呼吸を整えていると

「あ……」
男の子が、駅員に痴漢を引き渡しているところだった。
きっと、私を助けてくれた子だ。
「この人が私の身体を触ったんですっ」
他の被害者の女の子と、最後まで暴れる犯人を駅員が連れて行くのを見送っている彼。

あの男の子は……。
さっき女の子たちが“カッコイイ”と噂《うわさ》をしていた男子？
ほっそりとして背が高いし黒髪だし。
多分、間違いない。

お礼くらい言わなきゃ……。
私はいそいそと彼へ歩み寄った。

「あのっ」
声をかけた瞬間、黒髪の男の子が振り返る。

———と同時。
私の意識は、瞬《またた》く間に別世界へ飛ばされた。

こっちへ向かって歩いてくる彼は。
“カッコイイよね〜”
さっきホームで噂をしていた子たちの会話にも、思わず納得してしまうほどキレイな顔立ちで。
上にジャンパーを着てるけど。
高校生…っぽい。

あ、……。
一瞬、彼と目が合った気がした。
もしかしたら私に気づいてくれたのかもしれない。

お礼を言わなきゃ、と立ち止まったけれど。
黒髪の男の子は私の横を通り過ぎ———、

……えっ
さらに電車へ向かって歩いて行く。

「あのっ」

完全に無視された。
それに気づいて、我に返った時には、
彼はもう、次の電車に乗り込んだところだった。

まだお礼も言ってないのに……！
慌《あわ》てて私も電車へ飛び乗ろうとしたものの。

「待って……」

電車のドアが閉まってしまった。

恋がはじまる時

＊＊＊＊＊＊＊

―――あれは、中学の時。

学校から自宅へ帰っていた私は、近道をするために公園を横切った。
と、そこへ。
ふと目に飛び込んだのは、輪になっている男子たちの姿。

『てめぇっ、ふざけてんじゃねぇよっ』
『やってやろうぜっ』

―――ケンカ？

いや、ケンカというより集団で一人を襲っているという感じ。
あの制服は隣の中学っぽい。

『おまえら集団じゃねぇと何もできねぇのかよ、』

たった一人で大勢に立ち向かっているのは、金色の髪をした男の子だった。

その周りには、火のついたタバコを手に持った生徒たちがいる。
制服が違うから、別の学校の生徒かもしれない。
『くそっ、やれっ』
そして、私の目の前で始まった、乱闘に近いケンカ。
どうしようかと、オロオロしていると。
『くっ』
金髪の男の子が思いきり相手を殴《なぐ》った拍子に。
『うぉっ』
私の足元へタバコを手にした男子が吹っ飛んできた。

『——きゃっ』

＊＊＊＊＊＊＊＊＊＊

———ハっと気づいて
目が覚めた。

夢……？

もうかなり時間が経《た》っているはずなのに
本当にいつもいつも
後味の悪い夢———だ。

—————…

「えー、断った？」
「だって、不良っぽい人は好きじゃないし」
どうやら昨日、校門で告白されたところを見られていたらしい。
ミサキから「もったない！」なんて言われてしまった。
「理想の人を捜《さが》してたら、一生誰とも付き合えないんじゃないの？」
しかも、そんなダメ出しまで。
「別に理想の人を捜しているわけじゃ……」
そう言いかけて、ふと今朝の彼を思い出してしまった。

私を痴漢から救ってくれた、あの男の子……。

「どうしたの？　ボーっとして」
「え、あ……なんでもない」

どうしたんだろう、彼の姿が頭から消えない。
ずっとずっと、瞼《まぶた》に焼きついて離れない。

――――…

「いるかな……」
帰り際の駅のホームでも車内でも、捜してみたけれど
「いない……」
今朝の男の子は、どこにも見当たらない。
それらしいシルエットすらない。
というか。
高校へ入学してからずっと電車通学だったのに、一度だって彼の姿を見たことがなかった。

———今朝、以外は。

結局、彼に会えるはずもなくて、私は自宅へ帰った。
「ただいま……」
と、いっても、うちの両親は共働きだ。
お父さんもお母さんも仕事からまだ帰っていない。
ひとつ下の高校１年の弟“タクマ”も最近は、フラフラと出かけたまま帰って来ないことが多いし。
それどころか、金髪にしたりして。
たまにタバコの臭いがする日だってある。
ちょっと前までは、やんちゃだけど可愛い弟だったのに。
いつから、あんな不良になってしまったんだろう……。

————…

次の日は、朝食もそこそこに、少し早めに駅へと向かった。
もしかしたら……。
なんて考える私は、本当にどうかしているのかも。

朝の駅は、ざわざわとせわしなくて。
クラクラするほど人が多いし、狙《ねら》ってどうこうには、なりそうもない。
もうすでに大勢の人が並んでいる。

偶然にしたって会える確率は少ない。
それでも、その限りなく小さな確率と偶然に、私が期待を寄せる理由は———
「あ……」

昨日の男の子が、かなり目立つ部類だったからで。
電車を待っている人たちの中でも頭一個分、身長の高い彼はやっぱり誰よりも目立っていた。

いた……。

偶然でもいい。
また、会えた……。
あの男の子に、会えた。

ホームに並んで立っている彼はケータイを見ている。
けど———私の存在には気づくはずもなく。
吸い寄せられるように、私はゆっくりと彼に近づいていった。

昨日のお礼が言いたい。
あのままだったら、今ごろ私は、こんな風に駅のホームに立っていられなかったはず。
いや、もしかしたら一生電車も、男の人もダメになっていたかもしれない。
まさに、あの男の子は恩人……だ。
だから、私は思いきって彼に声をかけた。

「あのっ、すみませんっ」

ざわざわと人の波に揺れるプラットホーム。
「………」
私の声は、届いたのかそうでないのか。

黒髪の彼はまったく振り向かず……。
早くも心が折れそうになった。

きっとこの時から
私の想いは届かないものだと、決まっていたのかもしれない。
ずっとずっと
叶《かな》うことのない……。

それでもここで挫《くじ》けなかったのは、すでに恋がはじまっていたからなのかな。

これが、私の苦しくて辛《つら》い日々の始まりだとも知らないで————

「——すみませんっ」
今度はもっと大きな声で話しかけてみる。
振り向いたのは、周りの人たちだったけど。
挫けずに、もう一度。
「あのっ、昨日っ」
声を振り絞ったつもり。
すると、ようやく私の声が届いたみたい。
「あ、」
黒髪の男の子が振り向いた。

「———俺？」

目と目が合っただけで、……緊張が半端ない。

「はい……」
声まで震えてくる。
なんとか頷《うなず》くと、また抑揚《よくよう》のない声が返ってきた。

「……なに？」

えっ、えっ
なに……って。
あまりにも冷たく言い放たれた言葉に、思わず身体が数ミリ引いてしまっていた。

「あの……、私のこと、覚えていませんか……？」
「………」
気まずい沈黙。
声をかけたことを、すぐに私は後悔するハメになった。
多分、いや絶対。
彼の目が“知らない”と言っている……気がする。
そして。

「さぁ？」
返ってきた答えは、案《あん》の定《じょう》だった。
私には興味の欠片《かけら》もないらしい。
答えると、彼はまた持っていたケータイへ視線を戻している。

確かに、痴漢に遭《あ》ったのは私だけじゃないし。

彼と言葉を交わしたわけでもない。
けど。
顔も覚えられていなかったなんて……。
（どれだけ私って、影が薄いんだ！）

そして、この人の頭の中に、どれだけ私がいないのか。
それが思いっきり分かった瞬間だった。

あからさまにショックを受けていると、昨日と同じ急行がホームへやって来て。
「あっ」
黒髪の男の子がそれへ乗り込んだ。

「――待ってっ……、」

普段の私なら、これ以上無駄に追いかけたりはしない。
無理強《むりじ》いもしない。
なのに今日は、
「待って下さいっ、黒いジャンパーの人っ」
もう本能とでもいうのか。彼のあとを追って電車に乗り込んでいた。

「うっ……」
けど、やっぱり朝は満員に近い車両。
さすがに痴漢に遭ったあとでは、身体に緊張が走る。
だからか、すぐ近くに彼がいるのに、なかなか車両の中へ進む勇気がない。
お礼をひとこと言いたいのに……。

そのうち急行が、線路のカーブへ差し掛かったみたい。
車両ごと身体が大きく傾いた。
「っ……、」
前に立っていた男の人の身体と、ぶつかりそうになる。
反射的に私は、ギュっと目をつむった。
────、
“もうやだ”と思った時。

「俺に、なにか用？」

縮《ちぢ》こまっていた私の頭上で低い声がして、そっと目を開ける。
「……っ、」
あの黒髪の男の子が、私の目の前に立っていた。

信じられない……。
けど、何か用…って。
クール過ぎる反応。

「さっき、“黒いジャンパーの人”って叫んだだろ？」
黒ジャンパー……。
「あ……」
言ったかもしれない。
「っ、すみません、あのっ……」
呼び止めておいて、いざ声をかけられると、口ごもってしまう情けない自分。
でも、ここで怯《ひる》むわけにはいかない。

こんな機会は、二度とない。

「昨日は、ありがとうございましたっ」
「昨日？」
「あ、……はい　私、昨日ここで……、」
なんとなくこの状態で、痴漢に遭ったとは言いにくかった。
触られていたのは私、とは……。
一瞬、２人の間で、なんとも言えない沈黙が流れた。
けど。

「ケガは？」
「えっ」
「ケガはなかったって聞いてんだけど？」
「ありませんっ……」
あ、もしかして。
昨日の痴漢の件だって、気づいてくれた……？
「…そっか」
なのに彼は、私が返事をすると、それっきり。
すぐ目の前に立ってはいるけれど。
それ以上は特に何も……。

当たり前か……。
彼は私を助けてくれたけれど、それ以外に何かがあるわけじゃない。
普通ならこれで終わり……だ。
終わり……

———に、したくない！

こんなことを思う私はどうかしている。
それでも、終わりにはしたくなかった。
「あの、」
見たことのないズボンだから、もしかしたらこの近くにある私服の高校の生徒なのかな？
とにかく今までの私なら、お礼すら言えなかったかもしれない。
恥ずかしくて。
だけど今日は。
今日だけは———

「昨日は、助けてくれてありがとうございま…、」
「ていうか、俺、降りるから」
「え、あ……」
電車が止まった。
アナウンスが“みどり町〜みどり町です〜”と告《つ》げている。
「じゃ」
彼が電車から降りていく。

え、あっ、
「待って下さいっ、私もここなんですっ」
私が通っている学校もここ、“みどり町”が最寄り駅だった。

それにしても、本当に目立つ子で良かった。
ホームに降りても見失うことがなくて。
小走りに歩く男の子のあとをついていくことができた。

っていうか、私。
なにやってんだろ……。

これじゃただのストーカーだ。
「あのっ」
声をかけると、彼が足を止めた。

「まだいたんだ？」
まだ……。

言葉を交わしてもその程度の存在なんだ。
やっぱり私って……。
それでも。
最後の勇気だった。
一生に一度の。

「お礼がしたいんですっ」
黒い後ろ髪に向かって、声を投げた。
「お礼？」
私が投げた直球を、背中で受け取った彼が振り返る。

「お、……お茶でもしませんかっ」

まるでこれじゃ逆ナンだ。
しかも、お茶って…！
これでも学校では真面目な方なのに、なんて大胆なことを言ったんだって思った。
けど、もう最後だと思うと、自分を止められなかった。

「お茶？」
一瞬、眉をひそめた黒髪の男の子。

返ってきた言葉は――――…

「東高《ひがしこう》なんだろ？」
「えっ？」
“イエス”でも“ノー”でもない言葉。
彼の切れ長の目が、私の胸元。赤いリボンへ向けられた。
「あ、……はい」
なんとも言えない緊張感と高揚が同居して、内側から激しく鐘を打ち鳴らしているみたい。
バクバクと……。

こんなにも胸の鼓動が早くなって、ドキドキしているのに。
「東高なら進学校だし、俺とぶらぶらしてる暇なんか、ないんじゃないの？」
「えっ、あっ…」
さらに返ってきたのは、言葉以上にドライな声と視線。
本当に私には興味がないらしい。

「じゃ、」
余計なことには関わり合いたくないという様子で、私の前からあっさり去ろうとする。

「ちょっ、あのっ」
もしかすると、軽くあしらわれたのかもしれない。
ただ、面倒なだけかもしれない。
だったらこれ以上、無駄な足掻《あが》きをして、私はいったいどうしようというのか。

「なに？」

呼び止めて向けられた黒髪の男の子の視線は。
“まだ俺に何か用でもあるの？”
私へそう言っているような気がして。
逆ナン紛《まが》いなことをした自分が、どんどん惨《みじ》めになっていく。
情けなくなっていく。

「私は、ただお礼を言いたくてっ……」

ダメ……だ。
朝から涙腺《るいせん》がゆるゆるなんて、私はどうかしている。
ストーカーみたいに追いかけて、声をかけて。
もしも、“こいつおかしい”
そんな風に思われたのだとしたら、立ち直れそうもない。
いや、立ち直れない。
この状況をどうにかしたいのに。
一度ゆるんだ涙腺は、閉めるのを忘れたように崩壊していく。
朝のホームでこれだ。
きっと彼は、早々にここから立ち去るに決まってる。

「ぅっ……」
これが最後。
自分で最後にしてしまったんだ。
すでに改札口へ向いていた、彼のつま先が
ゆっくりと動き出した。

もう無理……
そう思っていた時。

「今、こんなところで泣かれると、かなり困るんだけど」
私へ向かって歩いてくる黒髪の彼。

「俺が泣かしたって思われるし」
「っ」
明らかに呆《あき》れているというか、何というか。
ため息混じりの声が返ってきた。
「すっ、すいませ……っ」
無理やり喉《のど》の奥から言葉を出そうとしたら、もっと酷《ひど》い声になってしまった。
「ほんと、マジで」
迷惑そうではあるけれど、彼は去ったわけじゃない。
私の目の前からいなくなったわけじゃない。
でもこれじゃ、完璧に終了フラグ。
もう二度と言葉を交わすことなく、終わってしまうんだ。
たった一度の機会を逃してしまった自分が情けなくて
下を向きかけた時。

「分かったから、泣くのやめてくれる？」

困惑と諦《あきら》めが混じった声が、耳に届く。
「みんな見てるし、」
「………、」
彼の言うとおりだった。
朝の忙しい時間。

通りすがる人々の痛い視線が、私たち２人に向けられていることに気づいた。

『あれ見て、あの子泣いてない？』
『ホントだ。もしかして、朝からフラれたとか？』
『うわ、悲惨……』
誰だってこういう光景を見れば、それなりの想像をするに決まってる。
まさか私たちの関係が、“痴漢撃退”だなんて思うはずがない。

「夕方、５時で」
「えっ」
「どこへ行けばいい？」
半分、呆れ気味に。
でも意外な言葉だった。
「……え、と、駅前のファミレスでっ」
自分から誘ったくせに、思いついた場所がファミレスしかないなんて…！
「分かった、じゃ、５時に」
これ以上泣かれたら困るとばかりに彼は、それだけ私へ告げると。

「別に来なくてもいいから」

最後の最後で冷たい言葉を吐き捨ててから
去っていった。

恋は溺《おぼ》れるものなのかも

――――――――…

「ちょっとさぁ、意味分かんないんだけど？」

その日の昼休み。
ミサキに今朝の話をしたら、サンドウィッチを手に持ったまま首を傾《かし》げている。

「なんで、告白されて逃げてるような亜美が、逆ナンやってんの？」
やっぱり私がしたことは、それっぽいのかもしれない。
「逆ナンじゃ……」
“お礼だし……”と、心の中でつぶやいてみる。
「しかも、駅で会ったイケメン男子だとか。いきなりハードル100メートルくらい上げてない？」
ミサキは、「ムリ、ムリ、亜美じゃ絶対に無理!!」
必要以上に繰り返したりして。
「亜美には、智哉《ともや》あたりでちょうどいいじゃん？」
ミサキが私へそう言った時

「マジメに俺でいいんじゃね？」

横から話に割り込んできた声。
「トモヤ⁉」
たった今、話題に上ったばかりのクラスメイト。
“二宮《にのみや》 智哉”

智哉は、私がこの東高で唯一、気軽に話せる男子っていうか。
中学からの同級生で。
何も分からないのに、ちゃっかり話に入ってくるような、そんなタイプ。
「ねぇ、智哉もなんとか言ってやってよ〜。
この子さぁ、偶然会った名前も知らない黒髪のイケメン男子に惚《ほ》れたらしいから」
「ちょっ、ミサキっ」
なにも、智也に暴露《ばくろ》しなくても……、

「はぁ？」
智哉の反応は、思ったとおりだとして。
「亜美さ、熱でもあるんじゃね？」
そんな失礼なことを言い出す智哉は、高校から茶髪にしたせいで見た目がちょっと軽い男っぽい。
でも、この学校では、それなりに人気があったりする。

「とにかく、そんなムリっぽい恋愛よりも、現実、現実！」
ミサキは、私が夢でも見ているような言い方だけど。
あの人と、約束したし……。

『それって芸能人の追っかけと、あまり変わんないんじゃないの一？』
ミサキには最後までダメ出しされた。
けど、夕方の５時……か。
放課後になると、私は図書室で時間を潰《つぶ》してから、学校を出た。

「亜美、遊ばれても知らねーからな」
どういうわけか、校門の前に立っている智哉。
「遊ばれてなんか……」
（“来なくてもいい”とは言われたけど……）
「男は、ヤレる場面ならヤるんだぞ」
「バ、バッカじゃないのっ、エッチっ」
「バカなのは、亜美だろっ、おまえ何も分かってねぇからっ」
智哉がしつこいくらい絡《から》んでくる。

あの男の子はそんなんじゃ……。
だって、痴漢から救ってくれたんだから。
けど、今朝の約束は、私が泣いたからであって。
彼が約束を守るという保証はどこにもない。
「部屋とか誘われても、ホイホイついていくなよ、」
「最悪っ」
「まぁ、てか、その前に、来るかどうかも分かんないもんなー」
「っ」
最後は智哉を振り切って逃げたけど。

「はっ……はっ、」
なんだか不安になって、急いで駆けて行ったファミレス。
「お客様、お席は———、」
どこっ、

彼は、本当に来てる……？

夕方のこの時刻。
ファミレスの店内は、ほぼ満席状態だった。
たとえば制服姿の女の子たちだったり、ノートを広げた大学生たちだったり。全体が騒然とした感じ。
あの男の子は……？
軽く背伸びをして捜《さが》してみたけれど。

いない…。
あれだけ目立っている男の子なんだから、瞬時に見つけてもいいはずなのに。
やっぱり、いない……。

店内のどこを見回してみても、彼の姿は見えない。見当たらない。
それどころか。
たった一人でファミレスへ来ている私の方が、少し浮いているくらい。

“来るかどうかも分かんないもんなー”
ふと、さっき私へ皮肉を言った智哉の声が、聞こえた気がした。

……来なかった。
もう５時過ぎ…だ。
確かに彼がここへ来る保証なんか、最初からなかった。
つい涙を見せてしまった私をなだめるための、ちょっとしたパフォーマンスかもしれないって、考えないわけじゃなかった。

“別に来なくてもいいから”
あの言葉が本音だったのかもしれないのに。
浮かれて１日中そわそわしたり、本当にここまでやって来たり。
まともに受け取った私は、バカなのかもしれない……。
社交辞令だとか。
そういう空気、読まなきゃいけなかったんだ。
彼に会えるなんて、一瞬でも思った自分が、惨《みじ》めだった。

帰ろう
帰らなきゃ……。

「ここ、満席だろ？」

情けなくて惨めで。
だから視線をずっと落としていた。
「はい、……満せ……」

っ、嘘《うそ》……、

忘れるはずのない声に、思わず振り向いて顔を上げた。
「待つスペースないし、外にいたけど」
ふわりと漂《ただよ》う、甘い香り。
「え、あ……」
見上げた視界に映った顔は、間違いなく黒髪の彼だった。
「外……」

ということは。
私よりも早くここへ来て、待ってくれていたってこと…？
にわかには信じがたい事実。
あんな約束。あってないようなものなのに。
守ってここへ来てくれたんだ……。

じわりと胸に熱いものが込み上げたのも、束の間。
「じゃ、俺は」
ポケットからケータイを取り出した彼。
「満席なら、どうしようもないし」
時間を確かめながら、私へ背を向けようとする。
「え、……あ、」
確かに満席なら仕方ない。
約束を守ってここまで来てくれた。
しかも待っていてくれたんだ。
これ以上、何を望むというのか…。
それでも私は必死だった。

「あのっ」
カバンを両手で抱えた。
そして、去ろうとする黒髪の彼の背中へ手を伸ばした時。
店内にいた一組のカップルが席を立った。

＊＊＊＊＊＊

運がいいのか悪いのか、痴漢に遭《あ》ったのがキッカケで。
私は今、こうして彼と向き合って座っている。
さっき立ち上がったカップルがいた席だ。

———けど、
座った時からずっと私たちは無言の状態。
彼は、注文したホットコーヒーを静かに飲んでいるだけだし。
私は、ミックスジュースをストローで吸っているところ。
……ただ、それだけ。

考えてみれば、私たちの間に話題なんてあるはずがない。
痴漢に遭った。
犯人を捕まえてくれた。
ただ、それだけの関係なのだから。
だからといって、痴漢の話はしたくないし……。

ジュースを飲みながらチラリと彼の顔をのぞき見れば、本当に甘いというか、造られたような端正なマスク。
そして黒い髪に、黒い瞳。
私が苦手な不良系の男子とは真逆だ。

「あの、」
このなんともいえない空気に耐えきれなくなって声をかけた私は、
あ……、
彼の名前すら知らないことに改めて気づく。

知りたい。
彼のことが知りたい。
こんなにも知りたいと思う不思議な感情は、いったい何なのか。

「あの、教えて下さい、名前……」

「名前？」
座って初めて顔を上げた黒髪の彼の声は、やっぱりというかドライで、怯《ひる》んでしまいそうになる。
「名前、なんて呼んでいいのか……」

「俺の名前、知ってどうするわけ？」
「えっ」
こんなことを言われたら、もう次の言葉が出てこない。
気まずい思いでいると、不意に耳へ届いた低い声。

「前島《まえじま》」

マエジマ……？
それって苗字《みょうじ》…だよね？
だったら名前は……？
名前……。
瞬《まばた》きもせずに、じっと見つめていたせいで、私から殺気に似たものでも感じたらしい。
「祐太《ゆうた》、……マエジマ、ユウタ」
降参《こうさん》といった表情をしながらも、名前を教えてくれた。

「…ジマ……ユウタ……」
ユウタ……？

えっ、……あ……？
頭の中がゆらゆら揺れる。

“マエジマ、ユウタ”

あれ？
どこかで……。

「なに？」
「え、いえっ、なんでも」
ほんの数秒。どこかへトリップしていた私の意識。

まさか……、だ。
彼の名前をどこかで聞いたような気がするなんて。
そんなバカなこと、あるわけない。

「あのっ、いつもあの電車に乗っているんですか？」
変な既視感を振り払いたかったのと。あとは勢いだった。
思いきって話しかけてみる。
「電車？」
「あ、はい……だって、私ずっと電車通学だったのに、初めて見たような……」
こんなに目立つ人がホームにいて、今まで全然気づかないはずがない。
こうしてファミレスで向い合っているだけでも。
ひしひしと周りの視線を感じるくらいなのに……。

「10日間だけ、電車利用中」
「えっ？」

10日間……？

どう反応していいのか、分からない。
10日間だけ……なんだ……。
こうして彼とファミレスにいることだって奇跡なのに。
これ以上の奇跡なんてあるわけないのに……。
10日間……。
彼……前島くんを見ることができるのは、10日間しかない。
そう思ったら、急に胸が痛くなって、苦しくなって。

「あのっ、お願いがあるんですっ」
繋《つな》ぎ止めておきたかった。
この奇跡をもう少し。
もう少しだけ……。

「お願い？」
私がテーブルの上のグラスを倒す勢いだったからか、前島くんが軽く首を傾《かし》げている。

「あ、はい……、電車へ一緒に乗って欲しいんですっ」
「一緒に？」
「ち、痴漢が怖くて、……」
半分は本当だった。
今でも触られたところが気持ち悪くて仕方ない。
今度、痴漢に遭ったら、もう二度と電車には乗れそうもないくらい。
「迷惑はかけません、一緒に乗ってもらえるだけでいいんです……」

バカだ、私。

ボディガードなんか頼んで。
だけど、彼なら守ってくれそうな気がしたんだ。
なぜか……。

いきなりだった。
カタンとイスの音を小さく鳴らして、前島くんが立ち上がった。
そして、ケータイを開くと、時間を確かめているみたい。

やっぱりダメだったんだ……。
そうだよね……と、あまりに無謀《むぼう》なことをお願いした自分が恥ずかしくなる。
「……あのっ、今のはナシにして下さい、」

泣きたい。泣きたい。
けど、また涙を見せたら、今度こそ面倒な子だって思われてしまう。
ヤバイ子だって……。
もうこれで最後なのに、そんなことを考える私は、どうかしているのかもしれない。
本当に熱に浮かされている。
嫌われたって何したって
もう関係ないのに……。

「時間ないから、」
前島くんの手がテーブルの上に置いてあった伝票へ伸びた。
「それは私がっ……」
痴漢を捕まえてくれたお礼をするために誘ったのは私だった。

「いいから、」
伝票を指で挟《はさ》むようにして取り上げた、前島くん。
「でも」
それじゃ、お礼が……。

「それに、お礼ならもらったし」
一瞬、私へ注がれた視線。
「えっ」
「余計なことを考えなくていい時間」

余計なことを考えなくて…？
なんだろう。どういう意味……？

「こういう時は、素直に言うことを聞くこと」
それだけ言い残すと。
彼……前島くんは、ファミレスを去っていった。

————…

夜になってミサキに電話をした途端
『なにそれ、逆ナンしてフラれたってこと？』
キツイ言葉が返ってきた。
「そんなんじゃ……」
フラれたも何も、そこまでいっていない。
ただ、前島くんのことが気になって仕方なくて。
だから、どうしても糸を繋げておきたかっただけ…だった。
『ていうかさぁ、亜美がひと目惚《ぼ》れするタイプだとは思わなかったよ、私』

『無謀ちゃ、無謀だったよね』って、ミサキは、苦笑いする。
「………」
私だって、こんなに気になるのが不思議なんだ。
それくらいカッコ良くてステキな男の子ではあるけど。
『で、どうすんの？』
「えっ？」
『あきらめて、智哉と付き合うとか？　だったら応援するけど』
智哉のことは冗談だとしても、ミサキの言葉に、ゆらゆら心が揺れる。

……マエジマ……ユウタ……

明日から電車
どうしようか……。

――…
――――――…
考えたって何をしたって、時間は止まらない。
眠れなくたって、朝はやってくる。

電車通学をどうしようって
定期じゃん、私……。

なるべくギリギリの時間で改札口を潜《くぐ》った、駅のホーム。
結局、昨日は、やんわりと断られたってことだろうし。
だから、もしも偶然、前島くんに会ったとしても。
声をかけることは、もうできそうもない。

二度と会話をすることもないのに、嫌われたくないなんて
どこまで私……溺《おぼ》れてるんだ。

また痴漢に遭ったら……とか。
その時はどうしよう、とか。
案外トラウマになっていることに、電車に乗ってから気づいた。
「うぷっ」
ギュウギュウに近い車内は、昨日まで気にならなかった汗の匂《にお》いだとか。
妙に男臭い匂いだとかが鼻について、なんだか気分が悪い。
でも、走り出した電車から逃げることはできなくて、ひたすら下を向いていた。
しばらくすると、あの急カーブがやってきた。
また身体を押し付けられる瞬間がくるのかと、覚悟をしていると。
突然、ふっと呼吸がしやすくなった空間。

嘘《うそ》っ……、
ハっとして、顔を上げた。
少し斜め上の角度。
目に飛び込んだのは、至近距離にある細めの首と、その真ん中にある喉仏《のどぼとけ》。
電車はカーブで揺れに揺れるのに、今日は誰の身体もぶつかってこない。
———前島くんの身体で守られているから。

どうして……？
すぐにこの状況が上《う》手《ま》く掴《つか》めない。

もしかしたら、私はまだ夢から覚めていないのかも。
だって、前島くんとは昨日で終わりだった……はずだ。
ボディガードみたいなことを頼んで、バカだったと、帰ってからも後悔の連続だったのに。

「そういう仕草、狙《ねら》われやすいから」

ドアへ張り付くようにして立っていた私の肩のすぐ横。
前島くんの片手がドアへ向かって伸びている。

「無防備すぎ」

ガタゴト電車特有の音に混じって聞こえてくるトーンの低い声に。
私の心臓は壊れそうなくらい鼓動を速めていく。

どうしよ、私……。
胸が痛くて、ちぎれてしまいそう。

「また下向いてるし」
「あ、……」
「危ない、ほんと、」

叱《しか》られているようで。
でも、前島くんは確かに私を守ってくれている。
「男の心理、もっと分かった方がいいと思うけど？」
「は、はい……」

昨日は恥ずかしくて泣きたくなったけれど、今日は別の理由で涙が出そうになる。
夢だったらどうしよう……。
本気でそう思っていたら、前島くんのシャツが鼻先に触れた。

「10日間だけど」
「へ？」
「一緒に乗るくらいならできるかも」

え、ええっ⁉
ひと目惚れ……なんかじゃない。
最初に芽生えた気持ちが、少しずつ確信に変わっていく。
言葉は冷たいのに、痴漢の時といい、今といい。私を守ってくれているのは、前島くんだけだ。
彼だけ……。

身体が震えるくらいドキドキする。
———けど、沈黙が痛い。
やっぱり私と前島くんとの間には、見えないスペースがあるような気がする。
それは、会ったばかりだから、とかいう理由だけじゃなくて。
前島くんが私を寄せ付けない感じ。
これ以上は、って。

それでも、もう下を向いていたくはない。
神様がくれたこの時間を無駄にはしたくない。

「あのっ……、どうして」

本当は、なんでここに立ってくれているのか、その理由を聞きたかった。
でも、それはなんだか聞くのが怖かったのと。
“……ユウ、タ…”
前島くんのことをもっともっと知りたい気持ちが混じって、下を向くなといった言葉どおり、私は顔を上げた。

「どうして、私が東高の生徒だって、すぐに分かったんですか……？」
無難な会話だけど。
「東高？」
「あ、……はい……」
とにかく“放送障害”のような状況からは、少し抜け出せたかもしれない。
「東高の制服、……今年から変わったんです……」
ブレサーとか、スカートも少し。
なのに前島くんは、私が東高の生徒だって、すぐに分かったみたいだし。
どうしてなんだろう……って。
「俺も、東高」
「えっ」
「制服が変わっても、バッグやエンブレムは同じだろ、」
少しだけ視線が絡《から》んだ。

というか。
「ええ、じゃ……」
初めて話してくれた、自分のことを。
…………。

同級生なら、こんな目立つ男の子。すぐに分かるから違うとして。
「もしかして、先輩なんですか…？」
あ、でも。
先輩だとしても。
前島くんほどカッコイイ男子なら、噂《うわさ》の一つや二つくらい伝わってくるだろうし。

「親の仕事の都合というか、１年の途中で留学したから多分、知らないと思うけど」
「え、りゅ」
留学なんて…すごい。
しかも１年の途中…って。
「今も東高にいたら、ちょうど３年になったとこ」
「…３年生⁉」
ってことは、私のひとつ上？　なら、やっぱり先輩だ。
そっかぁ。東高の先輩だったんだ。
先輩……。

「…だったら、あの、先輩って呼んでもいいですか…？　ユウタ先輩とか」
切羽つまっていたとはいえ、自分でも信じられないことを言ってしまった。
男子を名前で呼ぶなんて、智哉くらいなのに。
だけど。でも。
前島くんと一緒にいられるのが10日だけだというこの状況が、私の背中を押していた。
もっと近づきたくて。

だから勇気を振り絞ったつもりだけど―――

彼の目は、笑っていない。

ていうか。

まだ一度も笑った顔を見ていない気すら……する。

「勝手にすれば」

えっ

もう半分以上、呆《あき》れたような声だった。

というよりも、どうでもいいというか。

私に無関心といった返事のようにも聞こえる。

「あ、はい」

それでも名前で呼べる。

呼んでもいいんだ……。

ユウタ……先輩。

――…

――――――…

「はぁ？　10日間」

「……うん」

昼休み。

昨日から今日にかけての出来事を話した瞬間。

ミサキは「ぶっ」と、ジュースを噴き出していた。

「たった10日間で、亜美に何ができるわけ⁉」

慌《あわ》てて零《こぼ》したジュースをハンカチで拭《ふ》いているミサキ。

「分かってるよ」
ミサキの言いたいことは、分かってる。
だからこそ、逆ナンと言われながらも声をかけてみたり。
ユウタ……先輩を、名前で呼んでみたり。
とにかく私には、時間がない。

「ていうか亜美、肝心《かんじん》なことを忘れてない？」
「肝心なこと？」
「そのユウタ先輩、カノジョは？」

あ……、
私は、アホだ。バカだ。
「亜美がひと目惚れするほどだから、彼女くらい、いるんじゃないの？」
ミサキのひとことで、一気に湧《わ》き上がった不安と現実。

そしてその不安は、見事に的中する。

次の日。
少し早めに駅へ向かった私は。
「あ……、」

彼……ユウタ先輩が。
女の子と一緒にいるところを見てしまった。

恋は簡単じゃない

———…

「ユウタ……ユウタ…センパイ……、ユウタ先輩……」

名前で呼べるのが嬉《うれ》しくて何回も練習した。
———けど。
“彼女くらいいるんじゃない？”
ミサキのあの言葉が気になって仕方ない。
だから私は、少し早めに駅に向かうことにしたのだけど、

「あ、ユウタ先輩……」
長身のユウタ先輩は、やっぱり立っているだけでも他の人よりも目立っている。
駅の入り口近くでユウタ先輩を見つけた私はラッキーだと思った、のに。
「あ……」
ユウタ先輩の横顔が見えたと思った瞬間。
先輩と向き合うようにして立っている、制服姿の女の子が目に飛び込んだ。

誰……？

足が勝手に、２人へ近づいていく。
駅の構内へ入る人の波に紛《まぎ》れていたから、私の姿はそんなに目立っているわけじゃない。
―――にしても。
ユウタ先輩は、まったくと言っていいほど私に気づかない。
先輩の視線は、その子だけに集中しているみたい。
声が聞こえてくるほど、近くにいるのに……。

『ユウくん、電車に乗ってるんだ？』

ユウ……くん⁉

ユウタ先輩をそう呼んだのは、私より高めの身長と、肩まである黒髪が特徴の女の子。
私立でも名門のＳ学園の制服を着ている。
しかも、遠目からでもよく分かるくらい大人っぽくてキレイな子だ。
羨《うらや》ましいくらい、肌の色が白い。

『今、自転車、壊れて修理に出してるから』
彼女に答える、ユウタ先輩の声が聞こえてくる。
こっちがキュンとするくらい優しい響き。
私と話す時とは、明らかに声が違う……。

そうだったんだ……。
10日間だけ電車に乗っているワケ。
私には理由まで話してくれなかった、ユウタ先輩。

『私もしてみたいな〜、電車通学』
『ダメだって、それするくらいなら、俺が送る』
『えー、なんでダメなの？』
『どうしても』
プーっと頬を膨《ふく》らます彼女に、口角《こうかく》を上げるユウタ先輩。

―――知らなかった。
ユウタ先輩って、あんな笑顔を見せたりするんだ……。
不安が、一気に現実になる。

どうしよう……胸が痛い。
今ここで私の存在なんか、あってないようなものだ。
ユウタ先輩の視界には、あの子しか映っていない。
あの子だけ……。

『じゃ、ユウくん、またね』
『ちょっと待って、サヤちゃん』
ユウタ先輩が去ろうとした彼女を、引き止めた。

“サヤ……ちゃん”

“特別っぽい”その呼び方に、またズキンと胸が痛む。
“サヤちゃん”と、親しげに呼んだユウタ先輩は
『髪にゴミ、ついてる』
細い指を彼女の髪に伸ばして、そっと絡《から》ませた。
甘い……本当に甘い。
Ｓ学園は、この駅のすぐ近くだ。
去っていく彼女の後ろ姿を、ずっとずっと見つめている、ユウ

タ先輩。
「………」
まるで先輩の周りだけ、時間が止まっているみたい。
これ以上、近づいていけない。
すぐ近くに立っているのに、声すらかけられなくて。
あの子の姿が完全に視界から消えると、また動き出した、ユウタ先輩の時間。
そしてたった今、先輩は気づいたみたいだ。
———私が目の前にいることに。

“あ、なんだ、おまえか、”

ユウタ先輩が私を見る目は、そんな感じ。
さっきまで彼女に向けていた甘い声だとか、優しい笑顔だとかは、とっくに消えていた。

「ユ、タ……先輩、おはよう……ございます」

何度も練習した、その名前。
緊張だけじゃなくて、別の理由でも震えてくる。
ユウタ先輩は、さっきまでの自分を内側へ閉じ込めてでもしまうように、クールな表情に戻ると。
「行こうか、」
感情のない声で私に言った。
「はい……」

ヤバい……。
ユウタ先輩を好きになったら、きっと辛《つら》くなる。

絶対に無傷じゃいられない。
そう身体中に警笛が鳴るのに。
私もユウタ先輩の笑顔が見たい。
見つめられてみたい。
触られて……みたい。
ダメだ、私……。
もう落ちてる。

ユウタ先輩と満員に近い電車に乗り込んだ。
昨日と同じように、私を守るようにして立っている先輩。
———けど
ホームに立っている時から、お互いひとことも喋《しゃべ》ってはいない。

“たった10日間で、亜美に何ができるわけ⁉”

ミサキの言葉が今になって、グサリと胸を刺す。
今日のユウタ先輩からは、いつもよりもっと甘い匂《にお》いがする。
多分、あの子の、香りだ。

カノジョ……なんだろうか……。

ユウタ先輩の表情を見ていたら、特別な子には違いなくて。
「あの、ユウタ先輩っ」
背の高い先輩を見上げると、渇いた視線が返ってきた。
「なに？」
さっきあの子に見せていた笑顔とは180度違う。ドライな声だ。
聞きたくはない。

でも、今聞かなきゃ、もう聞けない気がした。

「ユウタ先輩、彼女……いるんですかっ」

声がちょっと大きかったことをすぐに反省した。
長い……沈黙。
気まずくて、また下を向きかけていたら。
「そういうの、言わなきゃいけない？」
「えっ」
想像していたよりも、ずっと突き放した言葉が、ユウタ先輩から返ってきた。
「いえ……」
いきなりプライベートなことを聞いた私がバカだった。
ユウタ先輩に答える義務なんてないし……。
「下を向くなって、言っただろ？」
「あ、……」
なにやってんだろ、私。
痴漢から守ってもらっているのに……！

「いないから」
「へ？」
「彼女、」
一瞬、耳が壊れたのかと思った。
でも今、確かに“彼女はいない”って言った、ユウタ先輩。

あの子が……“彼女”じゃない？

信じられない……。

ユウタ先輩に彼女がいないとか。
けど、私に本当のことを言っているのか、それすら定かではない。
それに、カノジョじゃなくても、ユウタ先輩にとって、あの子が特別なのは見れば分かる。
なんでもない子に、あんな顔しない。
あんな態度をとったりしない。
女の子なら誰にでも優しい人はいるかもしれないけど。
私への態度はこれだ。
ユウタ先輩が、誰にでもあんな笑顔を向ける人じゃないことは、悲しいけれど、私への態度が証明している。

「でも、好きな子はいるんですよね……」
これ以上、ユウタ先輩の機嫌を損ねたくなかったのに、つい、つぶやいてしまってた。
それだけショックだったから。

「好きな子？」
ユウタ先輩の声のトーンが変わった。
やっぱり私は地雷を踏んでしまったのかもしれない。
それどころか。
「もしかして、見てた？」
「え、」
「さっきの、見てたんだろ、」
（バレてる……！）
ユウタ先輩とあの子を見かけたのは、私が早めに家を出たからで。まったくの偶然だ。
でも、声もかけず、２人に近づいたのも本当で。

だから、“盗み聞き”をしていたと言われれば、それまで。
「私はっ……」
“見ていない”とは言えない。
首を横に振れない。
ユウタ先輩に、上から冷めた目で見下ろされると、声すら出てこない。
これじゃ、私なんてユウタ先輩の眼中にない。……どころか、マイナスだ。
完璧に嫌われてしまう。
数センチしか離れていない私とユウタ先輩の距離。

「見たってことか、」
何も言い返せない私に、ユウタ先輩の投げつけるような声が返ってきた。
きっと先輩は、私のことを
“人の会話を盗み聞きする、どうしようもないヤツ”
だって感じたに違いない。
「ほんと、変なタイミングばっかだな」
「………、」
やっぱり、おかしな子だと思われたのかもしれない。
そうだとしたら、もう…オシマイ…だ。

もっ、……やだ……。
嫌われた……。
さっきユウタ先輩があの子に見せていた笑顔が、チラリと頭に浮かぶ。
もちろん、こんなドライな表情じゃない。
ユウタ先輩が今、何を思っているのか分からなくて、下を向いていると。

「さっきから“彼女”だとか、“好きな子”だとか、」
少し早口なユウタ先輩の声が、私の動悸《どうき》まで速くする。
「俺の何が知りたいの？」

何が……、
ひとこと、ひとこと先輩が言葉を放つたびに、身体が強張《こわば》っていく。
ユウタ先輩からすれば、きっと私のことが、うっとうしいだけなんだろう。
けど、私はユウタ先輩のことなら何でも知りたい。
全部……知りたい。

「俺に、興味でもあるわけ？」

すかさずユウタ先輩の、シラっとした声が降ってきた。
まるで私の心の中を全部分かっていて、聞いている感じがする。
「俺に興味なんかもっても仕方ないと思うけど？　優しい男でもないし、」
「え、」
そう冷たく言い放ったユウタ先輩を見上げると。
目と目が合った。
「そんなこと……」

ユウタ先輩が優しくないなんて、それは違うよ――
無視することだってできたのに、私を電車の中で助けてくれたのは、ユウタ先輩だ。

こうして今、私を守ってくれているのも。
―――それに。
「さっき、あの子の前で、ユウタ先輩、笑っていましたよねっ」
思わず妬《や》いてしまうくらい優しい仕草と表情で触れていたユウタ先輩を、見てしまった。
特別な甘い声を、聞いてしまった。

「やっぱり見てたのか、」
「……あ、」

最悪だ。
みずから墓穴を掘ってしまった。
「でも、本当にっ」
自分から暴露《ばくろ》するとかバカじゃないのか、私は……。
もう何がなんだか、頭の中がパニックだ。
「ユウタ先輩、好きな子には優しいじゃないですか、……特別っ」
最後の最後。
私が放った渾身《こんしん》の言葉は、素通りでもしてしまったのだろうか。
「……」
ユウタ先輩は、黙ったまま何も答えない。

そのうち、電車が目的の駅へ着いた。
ふっと私から目を離した、ユウタ先輩。
私が電車を降りたのを見届けると、長いコンパスをフルに使ってスタスタと構内へ向かって歩いて行く。

「ユウタ先輩っ……」
せめて構内を出るまでは、一緒に！
そんなことを考えていた私は、甘かったのかもしれない。
ユウタ先輩の隣に並ぼうと小走りに追いかけたものの。
直前で振り返った、ユウタ先輩。
あの誰も寄せつけないオーラを“これでもか”っていうくらい
放っている。

「踏み込むの、禁止」
「―――、」

「これ以上は、彼女限定、」

――…

―――――――――…
「で、落ち込んでるわけだ」
机にうつ伏せていた私へ、ミサキが。
“だから言わんこっちゃない”
とでもいう声で、私の背中をポンポンと叩《たた》いた。

「カノジョじゃなかっただけ、マシな感じ？」
「……」
ミサキの言葉が、いちいち身に染みる。
こういう話ができるのは、ミサキしかいなくて。
一人では処理できない気持ちを吐露した私。

「でも、そんな美男美女だったら、カレカノになるのも時間の問題かもね……。
まぁ、恋愛は顔ではないと思うけど」
最後のひとことは、ほんの少しの慰めの言葉に聞こえる。
現実は、前フリのように厳しいということなんだろうな。
「でもさぁ」
ミサキがノートでパタパタとあおいでいる。
「そのユウタ先輩の好きな子が、まだカノジョじゃないなら、亜美にも少しはチャンスあるのかなぁ？」

チャンス……？

———…
ミサキの言葉を鵜呑《うの》みにしたわけじゃない。
チャンスなんて１ミリもないと思う。

“彼女限定”

ユウタ先輩の隣を歩いていいのは。
心の中に入っていいのは“彼女”だけなんだと、私へ宣言した、ユウタ先輩。
それでも、どうしても。
私はユウタ先輩をあきらめきれない。
———あと、何日？
あと、何日ある？

奇跡を信じているわけじゃないけど、駅のホームへ急いだ。
「いたっ……」

ユウタ先輩がホームに立っているのが見える。
「ユウタ先…っ……」
途中で、声が止まった。
振り返ったのは、ユウタ先輩だけじゃない。
―――あの子だ。
ユウタ先輩が好きな、あの子。
ユウタ先輩と同時に振り向いた彼女と
視線が合った。

「あ、……」
まさか、あの子がユウタ先輩と一緒にいるなんて思いもしなかった。
けど。
そうはいっても、外へ出てしまった声は、元には戻せない。
今さら知らないフリもできなくて、私はゆっくりと２人へ歩み寄った。
どうしよう……。
可愛いリボンが目印のＳ学園の制服が似合う彼女。
長い手足に、ほっそりとした体型。
まるでお人形みたいな目で、ユウタ先輩を見つめている。

「知り合い？　ユウくん」
ユウくん……。

まただ。
その何ともいえない距離感に、心が左右に揺れた。
というか。
彼女からすれば、私がユウタ先輩に声をかけたことの方が驚きなんだろう。
「……まぁ」
答えを濁したユウタ先輩。
そして分かっていたことだけど、それに小さな傷を作った私。
———ズキンと、胸が痛む。
近づけば近づくほど、身体がミシミシと軋《きし》んでいく。
考えてもみれば。
“知り合い”かと聞かれて、即“イエス”なんて答えるはずがない。
私とユウタ先輩は、このあいだ言葉を交わしたばかり。
それも私が一方的に好きなだけ。
しかも、ユウタ先輩が好きなのは、この子なんだから。

「ユウくんに、カノジョができたのかと思った」
昨日、ユウタ先輩が“サヤちゃん”と呼んでいた女の子が大きな目を細めて笑っている。
……うっ、
笑うともっと可愛い……。

「それ、冗談？」
あ、今ユウタ先輩。
心の中で思いきり否定した、っぽい。
ためらいなかったし……。
ほんと、小さな傷ならいくらでもできそうだ。
「知り合いじゃないって、……困ってるよ、ユウくん」
彼女が私を見て。
「今、ユウくんに声をかけたんだよね？」
と、念を押す。

もちろん笑顔で。

「あ……は、い」
ここで知らないフリはできそうにない。
ユウタ先輩の顔をチラリと見上げた。
特に怒っているとか、機嫌が悪いとか。
そんな表情ではないように思える、ユウタ先輩。
その様子を観察するように窺《うかが》っていると、いつも乗っている急行がホームへやって来た。

「一緒に乗ろ」
「……あ、うん」
なんだか変な感じだった。
けれど、少し高い彼女の声に釣られるようにして、私も電車へ乗り込んだ。
いつものようにギュウギュウだ。
私と彼女がドア側へ立って、ユウタ先輩が、その奥へ立っている構図。
「だから言っただろ、電車は危ないからって」
ユウタ先輩がドアの高い位置に、手のひらを伸ばした。
私が痴漢に遭《あ》ったからか。
ユウタ先輩は彼女のことを心配しているらしい。
若干、彼女よりのユウタ先輩の身体。
「だって今日は、S学園のイベントでアリーナへ集合なんだもん」
自然とユウタ先輩へ返る、彼女の言葉。

アリーナといえば、私が降りる駅の手前だ。

つまり、そこまで私たちは。
一緒にいるということ……。
「陸《りく》は生徒会長で、先に行かなきゃいけなかったんだよね。嫌がってたけど」

陸……？
彼女の口から飛び出した、男の子らしい名前に、私は思わず顔を上げる。
陸……。そう呼ぶ声の響きに、なぜかフツー以上の関係を想像してしまった。
彼女のことを好きなユウタ先輩が、――すぐ傍《そば》にいるのに。
「へぇ、そう、」
ユウタ先輩は、平然として相槌《あいづち》を打っているようだけど。

「その制服、東高だよね。ユウくんやお兄ちゃんと一緒だ」
「あ、……はい」

ユウくんや、お兄ちゃん……？
あれ……？
なんとなく関係が……。

「どうりで頭が良さそうだって思ったんだ」
「いえ…、」
（この前、模試の判定がBからCへ下がったばかりです）
「え、……と、お名前は？」
「えっ」
「あの……私は“サヤカ”」

“サヤちゃん”の正体……本名は。
サヤカさん……らしい。
彼女は決して人懐《ひとなつ》っこそうには見えない。
でも、こうして声をかけてくれているということは、私がユウタ先輩の知り合いだと思っているからだろうな。
つまり―――私に気を遣《つか》ってくれているのかもしれない。

「亜美です、……長谷川亜美、２年生……」
ユウタ先輩が好きな子は、ただ可愛いだけじゃなかった。
分かっていたことだけど。
予想もしていたことだけど。
それを目の当たりにすれば、ますます心に余裕がなくなってしまう。
「２年なら、私と一緒だ」
サヤカさんのくるりと巻いた睫毛《まつげ》が上下に動いた。
私と同じ歳……なんだ。

「ね、ユウくんって、優しいでしょ」
「へ？」
こういう場合は、どう答えればいいのか。
「サヤちゃん、そういうの、いいから」
「えー？　なんで」
「………」
入っていけない、……微妙な空気。

「あ、着いちゃった……」
電車がアリーナのある駅へ着くと、サヤカさんが
「じゃあまたね、亜美ちゃん。ユウくんをよろしく」

手を振って降りていく。

よろしく……。
それに小さく手を振り返した私は、この空気をどう変えていいのか分からずにいた。
けど、ユウタ先輩は。
昨日と同じように、彼女の姿が消えるまで視線を動かさない。
ずっとサヤカさんの背中へ、視線を向けていた。
———ゴトン
ドアが閉まると、また電車が走り出す。
あっという間だった。

「サヤカさん、可愛いですよね……」
本当にそうだから、そう言うしかない。
しかもいい子だった。ステキな子だった。
「ほんとに、」
………。
即答ですか、ユウタ先輩。
顔色はまったく変わらないのに、声には愛情があふれている気がする。

「彼氏、いるけどね、」
「えっ、あ…」

いや。
なんとなくそんな雰囲気はあった、かもしれない。
けど、ユウタ先輩の口から聞くと、衝撃だった。
「彼氏とは、１年くらい付き合ってる」

「1年……」
「って、キミに話しても意味ないけど」

意味が……ない。

ユウタ先輩の話が本当ならば。
先輩は、彼氏のいる子を想い続けてるってこと……？
「彼女、親友の妹だから」
「えっ？」
「迂闊《うかつ》に手を出せないし」
「……」
彼氏のいる子に、片想い…だけじゃなかった。
親友の妹なんだ……。

だったらユウタ先輩は。
ずっとずっと、叶《かな》わない恋をしているの……？
少し影のある男の子だと思ってた。
本音や感情をあまり出さない人だな、って。

「そんなの、辛《つら》く……ないんですかっ、」
私の方が泣きたくなってくる。
叶わない恋をするのは辛い。
辛いに、決まってる。
———たまらなく好きな子がいるのに。

“彼女限定”だって言った、ユウタ先輩の隣には、誰もいない。
ずっと空席の状態。

「好きな気持ちとか、自分で自由にコントロールできるものじゃないだろ、」
「………、」
「俺も、それを知ったのは、あの子を好きになってからだけど」

あ、認めた。
私の前で、あの子を好きだって。
ユウタ先輩が本音を漏らした……。

——…
————————…
ユウタ先輩の本心。
喜んでいいのか、そうでないのか分かんないまま。
「はぁ……」
放課後になっても机にしがみついたままだった私。
ユウタ先輩が私に本音を話してくれたことは嬉《うれ》しい。
でも、それはサヤカさんを好きだと完全に認めたことで。
私は、告白するまでもなく。
“失恋”したのだった。

「そいつ、ただ亜美とやりたいだけなんじゃねぇの？」
ぐた……としていると、智哉の声がした。
「そんな人じゃないよ…、」
今は、強く言い返す気力もない状態。
「どうだか、」
私の前の席の机へ、飛び跳ねるようにして座った智哉。

「そいつ、そんなにイイ男なのかよ。っんと、よく分かんねぇ」
「………」
——だって。気づいたら、好きになってた。
「おまえ、そんな積極的なタイプじゃなかったじゃん。　どっちかつったら、逆だし」
「………」
智哉の言葉に、心臓がいやに反応する。
「だって今も忘れてないんだろ、１年の時のこと、」
「………」
「まぁ、俺は今も信じてないけどな」
私の肩へポンと、手を乗せた。
智哉は、私のことを心配して言ってくれているんだ、きっと。

———その時。
まるでタイミングを見計らっていたみたいに、ハスキーな声が教室に響いた。

「二宮くん！」

声の主は見なくても分かる。
隣のクラスの彼女たちだ。
「なんだよ、白柳《しろやなぎ》」
去年まで同じクラスだった
白柳……さんたち。
「なんで長谷川さんなんかと一緒にいるの、二宮くん」
「ほーんと」
白柳さんたちが、私へ冷たい視線を送っていると、

「おまえらには関係ねぇだろ」
智哉が威嚇《いかく》するように、白柳さんたちを睨《にら》み付けた。
グループの中心人物。白柳さんは、智哉が好きらしい。
隣のクラスから度々やってくるくらい。
「二宮くんと長谷川さんとか、ホント最悪、」
白柳さんたちが、ゆっくりと教室へ入ってきた。
「いちいちうるせーから」
智哉が白柳さんたちに向かって答えている。
その隣で私は、身体を強張《こわば》らせた状態だ。

「なぁ、1年の時、こいつの変な噂《うわさ》を流したのはおまえなんだろ、白柳」
智哉がトンと、机から飛び降りて、私の前へ立った。
「そんなの知らないよね、」
「ねー」
白柳さんたちは、お互い首を振り合って否定している。
「嘘《うそ》つけよ、」
おまえしかいないだろ、そんな目をして白柳さんを見据える智哉。
逆に白柳さんからは、ひしひしと私に対する敵意を感じる。
「ていうかさぁ、長谷川さんに騙《だま》されてるのは、二宮くんの方じゃないの」
「は？　騙されてるとか、いい加減にしろよ」
智哉はいつも私を庇《かば》ってくれる。
でも、それが却《かえ》って白柳さんたちの心を刺激して――――

「噂って、本当のことでしょ。ねぇ～長谷川さん」
意味深な笑みを浮かべる白柳さんは、とことん私のことを嫌っている。
“早くどこかへ行きなさいよ”
そんな心の声が聞こえてきそうなくらい。

「智哉、私、帰るね」
「は？」
これ以上、振り回されるのは、もう嫌だ。
「待てよ、亜美っ」
「いいじゃん放っておけば、二宮くん」
白柳さんが智哉を止めている。

―――智哉が悪いわけじゃない。
でも、白柳さんたちとは関わり合いたくない。
智哉の声を振り切ると、私はカバンを持って教室を出た。

「はっ……」
階段を下りるだけなのに、妙に息苦しい。
負けたらダメなのに。

だからずっと気を張っていたのに。
「はっ、はっ……」

会いたい
ユウタ先輩……。

恋が止まらない

——…

————…

ユウタ先輩に、会いたい。
声を聞きたい。
私がいくらそう思ったって、残された時間は少し。
あと１週間もすれば、ユウタ先輩の姿を見ることすらできなくなってしまう。
だから、この電車の中での１秒１秒を大切にしなきゃいけないのに。
今日も私はドアへ身体を寄せるようにして立っていて。
そんな私の前にユウタ先輩がいる。
電車がカーブを曲がれば、ユウタ先輩の胸に頬が当たるくらいの、距離。

———けど、状況は昨日の今日だ。
ユウタ先輩の好きな人、サヤカさんに彼氏がいることを知ってしまった私。
気まずい、っていうか……。
さっきから無言の状態。

どうしよう、話さなきゃ。

話さなきゃ―――
今日は絶対自分から声をかけなきゃダメだ、って焦っていると、ユウタ先輩の方から
「ちょっと、いい？」
声をかけてくれるなんて思いもしなかった。
だから返事をすることも忘れてた。
意識が数秒、どこかへ吹っ飛んでた。

「聞いてる？」
「え、……あ」
けど、ユウタ先輩の顔は、サヤカさんに向けていたのとは、まるで違う。
ほぼ、無表情……。
「気になる」
「えっ」
「そのボタン」
と言われ、ユウタ先輩の見下ろす視線をたどれば……。
「う、わ」
恥ずかしいことに、制服のシャツのボタンを掛け違えている自分に気づく。
「これ、っ」
寝ぼけているんじゃないか、って。
こんな、あからさまな失敗。
穴があったら、どこかへ入りたい。
いや、１時間前の自分に戻りたい。
顔をカーっと熱くしていると。
ユウタ先輩が、持っていたカバンを足元へ置いた。
「少し、じっとしてて」

言われるまでもなく硬直していた私の身体へ、ユウタ先輩の指が伸びた。
「あ、」
私のシャツのボタンを留め直す、ユウタ先輩。
ひ、っ！
ユウタ先輩が私の……！
細くて長い指が器用に動くたびに、心臓が上下に弾んだ。
これじゃ心臓がいくつあっても足りない。
もたない……。

「どうすんの？」
「えっ」
掛け違ったボタンを直しながら、また不意にユウタ先輩の薄めの唇が動いた。

「俺がいなくなったら、」
「い、」
たった今、弾んでいた心臓が停止してしまいそうになる。

い、な、く……なる？

動揺し過ぎてどう反応していいのか、分かんなかった。
顔が引きつっていたかもしれない。
「電車に乗らないと学校へ行けないわけ？」
満員に近い車両の中なのに、私の耳にはユウタ先輩の声しか届かない。
おかしい……。
「……はい、……定期なんです、私……」

なんとか答えてはみたものの、微妙に声が震えた。

ユウタ先輩が自分の口から
“いなくなる”って、言ったんだ。
心が乱れないわけない。

「そう、」
正しく掛け終わったボタン。
ユウタ先輩の手が、私から離れていく。

“俺には関係ないけど”
そんな言葉が聞こえてきそうなくらい、素っ気ない返事だった。
会話になっていたのか、そうでないのか。
それすら分からない私に対して、ユウタ先輩は表情一つ変えない。
先輩の心の中は、いつもサヤカさんでいっぱいなんだろう。
１ミリも私には、関心がないのかもしれない。
―――こんなに近くにいるのに。

もちろん、サヤカさん以上の存在になろうなんて思っていない。
――だけど。

「――彼氏は？」
「は、い？」

今、一瞬、声がひっくり返りそうになった。
ユウタ先輩じゃなく、他の誰かに声をかけられたのかと思った。

「一緒に電車に乗ってくれる彼氏とかいる、って聞いてるんだけど？」
「一緒に……ですか…？」
あ、なんだ……。
そうだったんだ。
私に興味があるとか、じゃないんだ……。
彼氏の存在なんか聞かれて。ほんのちょっとでも、自分に興味を持ってもらえたかも……なんて。
甘かった。

「いま、……せん」

答えた瞬間、顔が地面を向いた。
やっぱり私の癖なのかもしれない。
「下を向くなって、言っただろ、」
それでも今日のユウタ先輩は、いつもと少し違う。
言葉が多いっていうか。
少なくとも私に話しかけてくれている。
私がまた痴漢に遭《あ》ったりしないように、考えてくれているのだけは、確かだ。

「昨日の、話」
「き、のう？」
「聞かなかったことにしてくれる？」
「えっ」
「なんで話したのか、自分でも分かんないけど」

あ、……。

サヤカさんのことだ。

「今まで誰にも話したことがなかったのに、」
そう言って、私から目を逸《そ》らしたユウタ先輩。
今、一瞬。
仮面のようなユウタ先輩の表情が変わった……気がした。
「誰にも言ったことがなかった。自分の、気持ち」
声にも、感情が宿っていて。
ユウタ先輩の苦しさが、私にも伝わってくる。
だから。

「いえ、忘れ……ません、」

“忘れてくれ”って、ユウタ先輩は言ったけど。
だけど、でも。
ユウタ先輩のサヤカさんへの気持ち。
もしも私だけに話してくれたのなら。
忘れるなんてこと、できるわけがない。
苦しいけど。
辛《つら》いけど。
「私で良かったら、聞きますから、」
こう言うことでしか存在価値がない私。
でも、それで、ユウタ先輩の唯一になれるのなら。
「なんでも、聞きますから」
私は――…。

「ほんと変わってるな、……と、」

私の顔を見下ろすユウタ先輩。
「っ、私の名前、長谷川亜美って言います、亜美」
「あみ？」
ダメだ……。
名前を呼ばれただけで、鼻血…でそう。
「亜美、ね」
あ、笑った。
私の前で笑った。
私はユウタ先輩にとって、相当おかしなことを言ったのかもしれない。
「覚えとく、名前」
またクスクスと笑われた。
その甘い笑顔に自然と胸がキュンとする。
初めて私へ見せてくれた素顔。
やっぱり私は、ユウタ先輩が好きだ。
大好きだ。

たとえ、ユウタ先輩に
好きな子がいたとしても———

——…

—————————……

昨日の夜から熱っぽいとは思ってた。

「熱がありそうね、亜美」
で、次の日の朝。
目が覚めて起きようとしたら身体が揺れた。
「熱……？」

「病院へ行かないと」
私の様子を窺《うかが》いに部屋まで来たお母さんのひとことで、またクラクラ頭が揺れる。
「え、大丈夫だよっ、いいから」
電車に乗れないなんてイヤだ。
ユウタ先輩に会えないなんて、嫌。
「もしインフルエンザだったらどうするのよ。　うつしたらダメでしょ」
うつす……。
ユウタ先輩に、そんなものをうつしたら、大変だ。
けど、インフルなら１週間は寝ていないとダメなんじゃ……？
もしそうなら。
もうユウタ先輩には会えない……。
私は、不安だらけのまま、お母さんに連れられて病院へ行った。

フラフラする……。
熱が38度を超えているんだ。当たり前か……。

“お願いします、
どうかなんでもありませんように”

私は待っている間ずっと、神様に祈るような気持ち。
もしもインフルだったらどうしようとか。
こうなるくらいなら、ユウタ先輩にもっと話しかけておけば良かったとか。
考え過ぎて、頭痛はひどくなるばかり。
結局。
１時間以上待ってようやく診察の順番が回ってきた。

―――そして診察の結果は。

「インフルエンザの検査は、発熱から24時間以上経《た》っている方が確実ですから」
明日、改めて検査をした方がいいって、先生が。
「えっ、明日…？」
まったくの予想外。

明日もとか。
そんなの、待てない。
それでなくても時間がないのに。
待てないよ……。
曖昧《あいまい》な状況に愕然《がくぜん》としていたけれど。
「仕方ないわね、亜美。明日また来ましょうか。
はっきりした方がいいし、今、学校へ行っても迷惑かけるもんね……」
お母さんにそう諭されると、何も言えなかった。
涙が……ポロポロと零《こぼ》れてきた。
学校を休むとか、ユウタ先輩に伝えられるわけじゃない。
いつものように私が駅のホームに現れなくて。
ユウタ先輩は、どう思ったんだろう……。

その日は病院から帰ると、すぐに部屋へかけあがってベッドへ潜《もぐ》り込んだ。
今は何も考えたくないよ……。
毛布を頭まで被《かぶ》っていたら、熱のせいで知らないうちに、深い眠りについてしまっていた。

だから次に目が覚めたのは、ケータイの着信メールの音が鳴ったとき。
「あ、……鳴ってる……」
うっすらと目を開ければ、白い天井が霞《かす》んで見える。
「眠ってたんだ、私……」
ぼんやりする頭で、枕元に置いていたケータイへ手を伸ばした。
「智哉……？」
メールは、智哉からだ。

――大丈夫かよ？　腹でも出して寝てたんじゃねーの？　――
余計なひとことだけど、メールの文字は初《しょ》っ端《ぱな》から智哉っぽい。
――おまえいないと、物足りねぇし――

智哉とは中学校の時も同じクラスだったり。
委員だって一緒にやったことがある。
だから、アドレスや番号はお互い知っているし。
たまにだけど、こうしてメールも送ってくる。
――明日も学校を休むかも――
智哉へそう返信をした。
そしたら、なんだか急に現実へ引き戻された感じがした。

明日も私、休まなきゃいけないんだ……。

――――…

『で、結局、インフルじゃなかったんだ？』
次の日の夕方だった。
ミサキから電話が掛かってきたのは。

『1週間休まなくて済んだんだから元気出しなよね、亜美』
ベッドの中で泣いていた私の耳に、ミサキの慰めのひとことが聞こえてくる。
朝、学校をまた休んで病院に行って検査をしたら。
結果はマイナス―――"陰性"
インフルエンザじゃなくて、ずっと学校を休まなくて済んだのは嬉《うれ》しい。
熱が下ったことも嬉しい。
けど、ユウタ先輩に何も言わないまま2日間も休んだ私。
失った貴重な時間は二度と戻らない。

『あと5日くらいはあるじゃん、ねっ』
ミサキからさらに慰めの言葉をかけられたけど。
「うっ……10日でも無理だって言ったのミサキじゃんっ……」
ユウタ先輩に会えなかった2日間、ずっとベッドの中で泣きはらしていた。
まだ頭が混乱気味だ。
「……それに、…っ…休日だってあるしっ……」
あと5日といっても、実質はもっと少ない。
『気持ちは分かるけどさ、智哉も心配してるし、ね、亜美』
ミサキも智哉も心配してくれている。
分かってるよ。
ユウタ先輩を想ったって、無理なことくらい。

ユウタ先輩……。
私が駅へ現れなくて、どう思ったんだろう。
私が来ないことくらい、どうでもよかった？
現れなくて、ほっとした、とか。

もう私。
ユウタ先輩に、忘れられてしまったかもしれない……。

――…
――――――…

次の日。
私は、なんとか気持ちを落ち着かせて駅へ向かった。
「はっ、はっ」
病み上がりだとか言ってられない。
走って構内へ駆け込む。
痴漢から守って下さいって言ったのは私なのに、急に姿を現さなくなったりして。
ユウタ先輩、怒ってる？
もう私のことなんか、どうでもいいって思ってる？

駅のホーム。
「いた……」
10日間、電車で通わなければいけないユウタ先輩は、ホームに立っていた。
やっぱり目立つ。すぐに分かった。
けど、これ以上、足が前に進まない。
声をかけられない。
どうしよう……。
足踏み状態で迷っていると、ふと誰かの声が耳に届いた。

『ねぇ、あの人、おとといと昨日、なんでだったんだろうね』

私のすぐ近く、ユウタ先輩を見つめて会話をする女の子たち。
なんで……って…何が？
私がいない２日間。
ユウタ先輩になにかあったとか……？
さっきの会話だけじゃ、よく分からない。

『あの彼と同じ電車に乗るの、けっこう楽しみにしてたんだ、私』
『あ、それ私も！』

そうか。私と同じことを考えてる子がいたんだ……。
当たり前だよね。
ユウタ先輩、本当にカッコイイし……。

『でもさぁ。あの人、いつも乗ってる電車、見送ったんだよね、』
———えっ？
『うん、どうしてか分かんないけど、２日間乗らなかったよね～。期待してたのに』

ユウタ先輩が電車を見送った……？
なんで？
どうしてユウタ先輩、いつもの電車に乗らなかったんだろう……？
足がふらりと勝手に動いてた。
ホームに立っているユウタ先輩の元へ。
「っ、ユウタ先輩」
一瞬の間があって。

ユウタ先輩が振り向いた時。

「待てよ」
誰かに腕を握られて、振り返る。
「亜美、俺」

―――智哉だった。

「智哉⁉」
どうして電車通学じゃない智哉が、朝のこの時間に、ここへいるのか。
私の腕を掴《つか》んで「亜美」と、名前を呼んでいるのか。
振り向いたユウタ先輩の目の前で。
「え、あっ、……」
私の頭は完全にパニックを起こしていた。
「亜美、俺、しばらく電車に乗って学校に通うことにした」
「えっ」
「だからもう深入りすんなよ」
そう言ってホームを見回す智哉。
すぐに一点で視線を留めた。

「へぇ……あいつ、か」

興奮と興味が入り混じった智哉の声。
やっぱり目立つ人はオーラが違うのか。ひと目で分かったらしい。
智哉の視線の先には、……ユウタ先輩がいた。
「亜美、よくなったのか？」

「あ、……うん」
ほとんど、空返事の私。
数メートル手前に立っているユウタ先輩にも、私たちの会話は聞こえているに違いない。
「あ」
一瞬だけ、ユウタ先輩と目が合った。
「ユ……っ」
けど、すぐにユウタ先輩の視線は私から逸れた。
まるで“俺たちは他人です”って、言っているように。

「ユ、タ」
「ほら亜美、電車きたぞ」
ユウタ先輩へ声をかけることなく、ホームへやってきた電車。
私たちから離れるようにユウタ先輩が、電車に乗り込んでいく。

「ユ、タ先輩っ」
私の小さな声なんか、朝の喧騒《けんそう》の中に簡単に吸い込まれてしまう。
「俺がいるじゃん、亜美いこう」
ユウタ先輩の姿を目で追う私の背中を智哉が押した。
そして、人混みに流されるように電車へ乗り込む、私と智哉。

ユウタ先輩は……？
先輩はどこ……？

智哉の肩の隙間から、背伸びをしてユウタ先輩の姿を捜《さが》した。
「あ、」
背の高いユウタ先輩は、私たちの少し奥に立っている。

「どこ見てんだよ、亜美」
私の激しい動揺は、智哉にも伝わっているのか。
“俺がいるだろ？”
そんな態度で、私の視界を塞ぐように立つ智哉。

「なんで、智哉っ」
智哉が嫌いだとかじゃない。
なのに半分泣きそうになっていた。
「なに？　俺が電車に乗っちゃいけねぇの？」
「そうじゃなくてっ」
智哉と一緒にいる私を見たユウタ先輩は、絶対に勘違いしてる。
智哉が私を「亜美」って呼んだのも。
私が智哉を名前で呼び返したのも。
きっとユウタ先輩には、聞こえていたはずだから。
もちろん勘違いされたからって。
ユウタ先輩にとってはどうでもいいことなのかもしれない。
———だけど。

『あの人、おとといと昨日、いつも乗ってる電車、見送ったんだよね』
『うん、どうしてか分かんないけど』

さっきホームで聞いた会話は本当？
ユウタ先輩……。

「なぁ、熱は下がったのかよ」
「……うん」

智哉は悪くない。
私のことを心配してくれているだけ、だ。

「だったらもう関わり合うなって」
「えっ？」
「あいつに」
いつになく強い口調の智哉。
あいつ……ユウタ先輩のこと…だ。
「あいつなら、亜美がひと目惚《ぼ》れしたのも分かるけど」
男の智哉の目にも、ユウタ先輩は“特別な姿”に映ったのかもしれない。
「適当にあしらわれてんじゃねぇの、亜美。てか、あいつに女、いねーわけねぇじゃん」
私が騙《だま》されてる、とでも言いたいのかも。
智哉は、サヤカさんを見ていないから。
サヤカさんを見る、ユウタ先輩の優しい目を知らないから……。

ユウタ先輩のことを考えているうちに目的のホームへ止まった電車。
———けど。
「ユ、っ」
二度と私へ振り向くことなく。
ユウタ先輩の姿は、人混みの中へ消えていってしまった。

————…

「へぇ、智哉も結構やるねぇ」
昼休みまで“ほとんど何も記憶にございません”状態だった私。

購買で買ったパンを食べながら、今朝の出来事をミサキへ伝えると。
「あいつも焦ったかな」
「焦った？」
ちょっと他人事みたいな言葉が返ってきた。
いきなりホームへやって来た本人は今、友達と談笑中…だ。

「智哉って、いい友達なんだけど」
今日のは、本当に泣きたい。
「友達ねぇ……かわいそ、智哉」
パンをモグモグ頬張りながら、ミサキは苦笑している。

窓からは、麗《うら》らかな午後の日差し。
それなのに私の心は、今にも雨が降り出しそうな勢いだった。
２日も姿を現さないで、ようやくやって来たかと思えば。
智哉……男の子と一緒だったんだ。
ユウタ先輩。
私のことをどう思ったんだろう……。
考えただけで、…胸が痛い。

――――――…

次の日。
私はもっと早めに家を出た。
ユウタ先輩に、私が２日間いなかったのは風邪のせいですって。
どうしても伝えたかったから。
だってあのままじゃ、
私に智哉という彼氏ができたからだって。ユウタ先輩は思ったかもしれない。

「はっ、はっ」
できるだけ早く、駆けて行ったはずなのに。

「よっ、亜美」
「と、智哉…」
まるで私が早く来ることが分かっていたかのように、改札口の前に立っていた智哉。
「おまえ早いな」
「あ、……うん」
見透かされているのかもしれない。
私の考えていることなんて。

「あ、……」
ホームにはユウタ先輩がいた。
けど、もう振り向くことはない。
「亜美、今日の放課後とか空いてるか？」
「え、……うん」
そばに智哉がいて声をかけられないまま、今日も別々に電車へ乗り込んでしまった。

もう無理……。
もうダメだ。ユウタ先輩。
私のことなんかどうでもよくなってるんだ……。

“彼氏はいません”
そうユウタ先輩へ言ったあとで、この状態だ。

智哉の前なのに……涙が出る。

相変わらず満員に近い車内で、智哉と向き合うように立っていた私。
（っ……）
故意じゃないにしても、さっきから後ろに立っているオジさんのカバンがお尻に当たっている。
何度も。何度も。
このまえ痴漢に遭《あ》ったばかりなのに。
気持ち悪い……。
耐えられそうもない。この不快な感触。
「智哉、」
「ん？」
声が微妙に震える。
いくら智哉でも“お尻に何か当たってる”とは言いにくい…。
「どうしたんだよ、腹でも痛いのか」
私の強張《こわば》る顔を見て智哉は、風邪の後遺症だと思ったのかもしれない。
でも、違う。
違うよ。
気持ちわる……、
———誰か、

っ……？
ふと、感じた人影。

と同時に。
お尻の気持ち悪い感触がなくなった。

嘘《うそ》、まさか……。
でも、そんなはず、ない。
だって……。

「下を向くなって言っただろ、」

聞きまちがい、……なんかじゃ…ない。
今、確かに、ユウタ先輩の声がした。

「ほんと危ない、から」
私のすぐ背後に立っているユウタ先輩。

もしかして、気づいてくれたの……？
だから、真後ろまで来てくれた。
私の身体へ、カバンが当たらないように。
どうしよ……。
嬉《うれ》しくて。胸がいっぱいで、振り向くことができない。
泣きたくなるのを我慢するだけで、精一杯だ。

下を向かないように必死で顔を上げていた私の目の前に立っている智哉。
「は？」
智哉も身長が低い方ではない。
けど、ユウタ先輩は智哉よりも数センチは高い。
だから少し見上げて。
ブラウンの髪の隙間から、智哉の目がユウタ先輩を見据えている。

「なんであんたが、ここにいんだよ、」
「傍《そば》にいるなら、ちゃんと守ってやれば？」
「はぁ？」
私が以前、痴漢に遭っていることを知っているユウタ先輩。
どんな表情で智哉を見ているのかは分からない。
でも、少しだけ厳しい口調で促している。
「できるだけ亜美をドア側へ。
それからあんたは亜美の後ろへ立つようにした方がいい」

えっ、亜美……？

今、ユウタ先輩。
私のことを"亜美"って、呼んでくれた……？

「くっ」と。
短く、詰まった声を鳴らした智哉。
「亜美、おまえ何かあったのかよ？」
ユウタ先輩の言葉で、智哉も気づいたみたいだった。
「……うん、誰かのカバンが……」
なるべく小声で智哉に告《つ》げた。

どうしてなのかな…。
ユウタ先輩がいるだけで、心が落ち着く。
口にして伝える勇気が沸いてくる。

「だったら早く俺に言えよ。なんのために電車へ一緒に乗ってんのか分かんねぇじゃん」

私を両腕で囲むようにして立った智哉。
「あんたはもういいから、亜美は俺が守るし」
ユウタ先輩を睨《にら》むようにして見ている。

「亜美の彼氏？」
「だったら、なんだよ？」
智哉は話の流れのつもりなのかもしれないけど。
「ちょっ、智哉」
これじゃ、智哉が私の彼氏のように聞こえるよ。
ううん、あんな返事。
彼氏だって宣言しているようなものだ。

ほんの少しの沈黙のあとで。
「そっか」
智哉から、ふっと目を逸《そ》らしたユウタ先輩が、私の頭へそっと顔を寄せた。
ユウタ先輩……？

「彼氏ができたのなら、もっとしっかり守ってもらわないと」
「えっ」
一瞬、心臓が止まるかと思った。
「違っ…」

———違うよ、ユウタ先輩、
智哉は彼氏じゃなくて……！

「違わねぇから。　それより亜美」
反論しようとした私をドアへ寄せて、その後ろへ立った智哉。

「智哉っ」
ユウタ先輩から、一気に引き離されてしまった。

「ユウタ、先輩……、」
遠くなったユウタ先輩のシルエット。
涙で霞《かす》んで、もうぼんやりとしか見えない。

今日のは決定的だった。
智哉が私の彼氏だって、絶対に勘違いされてしまった。

――ユウタ先輩に。

最後にコツンと、ユウタ先輩の頭が当たった時
先輩が私に小声で言った気がしたんだ。

『彼氏ができて良かったな、亜美』
って。

恋はどこへ向かう？

――――…

「あー、智哉がとうとう突っ走っちゃったわけだ」

春にしては少し気温が高い午後。
ミサキが目の前で自販機で買ったパックのカフェオレを飲んでいる。
昨日は昼休みまで真っ白だった記憶も、今日は１日中、白紙の状態。
「こりゃ相当だね、亜美」
ミサキの言葉にうんともすんとも言えない。
答える気力すらない。
「智哉ってモテるし、あいつもかなり自信があったと思うんだよね～。その智哉が突っ走るとか、かなりの上玉だな、ユウタ先輩」
ミサキのつぶやきが、窓から吹き抜ける風に流れていく。
それでなくてもユウタ先輩とは、細い糸どころか、ティッシュで作った紙縒《こより》のような繋《つな》がりしかなかったのに。
その紙縒すら、もう切れてしまった。
「重症だな、亜美も」
机に座ったままピクリとも動かない私に、ミサキが声をかけた時だった。

「亜美」
さっきまで友達と一緒に教室で屯《たむろ》していた智哉が、私の机までやってきた。

「ちょっとおまえに話がある」
私の机の上へ、トンと片方の手のひらを突いた智哉。
「俺、亜美に放課後は空いてるかって聞いたよな？」

「…そう…だっけ…？」
そういえばそんなことを聞いたかも……。
でも、すっかりというか。完全に忘れてしまってた。
ユウタ先輩のことで、頭の中が飽和状態だったから。
「そうだっけ、……じゃねぇよ。
俺の話、聞いてなかったんじゃねぇの？」
呆《あき》れ気味の智哉の声。
でも半分は正解かもしれない。
ユウタ先輩に全神経を奪われていた私。
きっと智哉の言葉を素通りさせていたに違いない。

「時間、そんなにとらせねぇから、俺の話。ちょい来て」
「あ、……うん」

なんだろう……。
今は智哉と普通に話ができる気分じゃないよ。
「こっち、亜美」
けど、智哉が私をこんな風に真顔で誘うのは珍しい。
たまにノリで智哉と話をすることはあっても、真面目トークなんか、ほとんどしないから。
「えー、何これ、どういうフラグなわけー？」
ミサキは、この微妙な空気を楽しんでいるようにみえるし。

こっちは真剣なんだけど。
「どこへ行くの、智哉？」
「とりあえず教室、以外」
今朝あんなことがあったし、智哉のことをなんとなく避けていた。
けど、今日の智哉には、私もひとこと言いたいことがある。
イスから立ち上がって、智哉のあとをついて行った。
智哉が私を誘ったのは――
人の気配のない屋上……？

「なんで、ここに？」
今日の智哉は、どこかおかしい。
「まぁ、こういう話だし」
「こういう話……？」
今朝、ユウタ先輩に、まるで私の彼氏のような態度をとった智哉。
きっと誤解された。
いや絶対に、ユウタ先輩は誤解した。
智哉が私の彼氏――だって。

あの時のユウタ先輩のセリフを思い出しただけで、胸が痛くなる。ズキズキと。

「私だって話があるよ、智哉」

あと５日間もなかったのに。
なんで、あんなことをユウタ先輩に言ったの…？
「話なら、俺が先」
前に立っていた智哉がゆっくりと振り返った。

「とも、」
「亜美、俺と付き合って欲しい」
「えっ」
声を真っ二つに分断された。
いつものチャラけた顔じゃない、智哉に。

「っ、付き合う……？」
智哉から冗談でそういうことを言われることは度々ある。
ふざけた風に「俺にすれば？」って。
「とも、や？」
ねぇ、いつもの冗談でしょ？
「今日はマジだから」
ケラケラ笑って智哉の背中を叩《たた》く前に、遮られた。
「ちょと待ってよ、」
私の声こそ、いつもと違う。
しっかり動揺していた。
真剣な智哉の態度に。
「あいつが俺たちのことを勘違いしたっていうなら、ホントの話にすりゃいいじゃん」
屋上に春の強い風が吹き晒《さら》すと、同じ方向へ揺れる私と智哉の前髪。
額がくすぐったいのに、今は笑えない。

「おまえ不良とかそういうヤツが大嫌いだったよな」
「え、」
「この髪、黒に戻すから」
智哉がブラウンに染めた前髪を指で摘《つま》んで笑ってみせる。
笑うと犬みたいに人懐《ひとなつ》っこいイメージになる智哉。
「ねぇ、だから、ちょっと待ってよ、」
確かに不良は大嫌いだし、私もそれを公言してきた。
だけど。
「すぐじゃなくていいし」
「智哉っ、」
「返事」

これって、何？
智哉が私に告白してるってこと……？

「時間が経《た》てば、そのうち亜美もあいつのことなんか、どうでもよくなるんじゃね？」
「え、あ、」
今すぐ返事をくれと言われるよりも、時間を与えられる方がずっと酷《こく》だ。
「俺が今まで、どれだけ待ったと思ってんだよ、亜美」
嫌いじゃないから。
好きだから。
だから、友達でいたかったんだよ、智哉。
私は、ずっとずっと。

「とにかく、あいつは、やめとけって、亜美」
瞬《まばた》きもせず立っていると、最後は智哉にピシャリと言われてしまった。
ユウタ先輩のことは、あきらめろって。
「俺の方が亜美のことをよく分かってるし。てか明日からも同じだからな、俺たち」
智哉が言いたいのは、告白したからって、私たちの仲は変わらないということなのかもしれない。
———けど

「ねぇっ、智哉、」
恋って、そういうものじゃないんだよ。
よく知ってるとか、知らないとか。
そんなことは、どうでもよくなってしまう。
心が勝手にその人を求めてしまうものなんだ。

「じゃ亜美、また明日、駅で」
「智哉、」
私の気持ち、知ってるのに。
“明日も同じ”って言葉。
ズルいよ……。

—————…

「やっぱり告白？」
「……そうでした……」

もしかして、なにも知らなかったのは私だけだったのか。
ミサキが「本気で友達だと思ってたの、亜美だけだし」
きついダメ出しをしてくる。

「で、どうするの？」
ミサキが混乱状態の私に、追い討ちをかける。
「どうするって…」

「ユウタ先輩のこと、あきらめられるの？」
——…

————…
ほとんど眠れないままベッドの中で夜を過ごした私の目には、しっかりと“クマ”が出来ていた。

次の日の朝のホームでユウタ先輩を見かけた。
……けど。
本当に見かけただけだった。
智哉が私をガードしていて、ユウタ先輩には一歩も近づけない。
しかも、ユウタ先輩は私を無視…というか。
一瞬たりとも、振り向かず。
ざわざわとした風景に吸い込まれるように、消えていった。

———お願い。
ユウタ先輩に、ひとことだけでいい。
私が２日間、駅のホームへ現れなかったのは、智哉がいるからじゃなくて。
風邪のせいだったんだって、伝えたい。
どうしても、伝えておきたい。

智哉のいない放課後、私は一人で駅へ向かった。
けど、いつもの電車には乗らない。
改札口の近く。

駅の壁に寄りかかって、ひたすらホームへ流れる人の波を見つめていた。
ユウタ先輩が電車で通っているのなら、帰るのも電車だって、思ったから。
あと２日しかない。
これが最後の賭けだった。

――――…

「もう７時なんだ……足、痛、」

いったいどれくらい待ったのか。
「ユウタ先輩は…」
駅の改札口を通る人の波がだんだん制服から私服やスーツを着た人へと変わっていく。
けれど、ユウタ先輩の姿はどこにも見えない。
見当たらない。

「いつも何時の電車に乗って帰っているのかだけでも聞いておけば良かったかも……」
ほんと、今さらの後悔だ。
こんなことをしたって、ほとんど確率がないのは分かってる。
だけど、どうしてもユウタ先輩に会いたい。
話したい。
話して誤解だけは解いておきたい……。
ただその一心で、足が棒のようになるのを感じながら立っていると、
ケータイの着メロが鳴った。

電話はお母さんからだ。
もうこんな時間だし、言われることは分かりきっている。
でも、放置するわけにもいかない。
ピピっと通話ボタンを押した。
『もしもし亜美、どこにいるの？　早く帰って来なさい。話があるから』
どうやらすでに自宅へ帰っているらしいお母さん。
今日はもう、あきらめるしかないのかも……。

今朝は、一度も振り向くことがなかった、ユウタ先輩。
私とは違う。
ユウタ先輩はもう、別の世界にいる人のようだ。

『もうあいつに関わるなって。亜美には俺くらいでちょうどいいんだよ』
屋上で私に『付き合って欲しい』と言った智哉は、いつもと変わらない態度。
だから避ける理由がない、っていうか。
『付き合うのは無理だよ、智哉は友達だし』
『あー、今はそれでいいって』
友達にしか思えないからと断っても、軽くかわされてしまった。
かといって。
同じクラスの智哉をいきなり無視するなんてできないし……。

どうしたらいいんだろう。
行く当てもなく、気持ちが宙にぶらりと浮いているような感じ。
もしかするとユウタ先輩、電車じゃないのかも……。

改札口を何度も振り返りながら
私は電車に乗り込んだ。

―――…

「ただいま……」
と、電池が切れたロボットみたいな状態で、家へ帰った私。
「亜美、遅かったわね、なにしてたの？」
キッチンからお母さんが顔をのぞかせた。
「うんちょっとミサキの家へ寄ってた」
とりあえず誤魔化《ごまか》しておいた。
「それよりお母さん、タクマは？」
―――話題変えよう。
「それが、まだなのよ」と、お母さんが心配そうに首を傾《かし》げている。
弟のタクマは、まだ帰っていないみたい。
っていうか。
高校生になってから、あまり家にいなくなった。
「タクマは何をしてるのかしらね、いつも」
「……ほんと、そうだね」
金髪にしたり私の大嫌いな不良に近づいている弟。

そういえば智哉は黒髪にするって言ってたっけ……。
ユウタ先輩と同じ髪の色だ。

「ところで亜美、さっき電話で話があるって言ったでしょ？」
「あ、うん」
「お父さんとお母さんね、遠縁の葬式で明日、急にお泊まりしなきゃいけなくなったから」

「えっ、そうなんだ？」
泊まり……。
でも、元々仕事であまり家にいない両親だし、そんなに気にはならない。
気になるのは、むしろユウタ先輩の……。

『ユウタ先輩のこと、あきらめられるの？』
ミサキの言葉、聞いただけで胸が痛かったし。
今もズキズキ、痛い……。

――――…

その次の日の朝。
今日は駅のホームでユウタ先輩を見ることができる、最後の日だったのに。

「ユウタ先輩……いない」
辺りを見回してみても、朝のホームにユウタ先輩は、いなかった。
「もうこれでいつもの亜美に戻れるな」
智哉はご機嫌だったし。
「電車の時間、変えたんじゃない？」
ミサキにはそんなことを言われしまって。
お昼休みになっても、お弁当を食べる気にもなれず。
放課後まで何をしていたのか、自分でもよく覚えていない。

今日、会えなかったら本当におしまいなんだ。
ユウタ先輩を忘れないといけないんだ……。

自分にそう言い聞かせて夕方の駅へ向かうと。
昨日と同じ場所に立って、ユウタ先輩を待った。

――――…
どれくらいが経《た》ったのか。
「痛、っ」
やっぱり数時間も立って待つのは、きつい。
足も心も折れてしまいそうになる。
今日は親が留守だからって粘ったけど。
「もう9時が近いんだ……」
ユウタ先輩は現れない。
「ダメだ、やっぱり……」
足が痛い。心はもっと痛い。
泣きそうになる自分に耐え切れなくて、その場へしゃがみこんだ。

もう無理……待ってもダメなんだ……。
「うっ」
気力が切れると思わず弱音を吐きそうになる。
「ぅっ……うっ」
膝《ひざ》へ顔を埋《うず》めて泣いた。
声を殺して泣いた。

最初から無理な恋だったんだ。
それなのに、ちょっとユウタ先輩と話したことが嬉《うれ》しくて。
触れたことが嬉しくて。
だからもっともっと、って思ってしまった。
勝手に一人で毒されてた。

「うっ……う」

——恋に落ちる日なんて
こんなモノだ——

そう。
だけど、忘れるのは簡単じゃない。
この気持ちを無かったことにするのは、簡単じゃない。
ユウタ先輩を心の中から消してしまうのは、簡単じゃ———

膝を抱えて顔を埋め、嗚咽《おえつ》交じりに泣いていると
ふと、感じた気配。

「こんなところで、何してんの？」

——————、
反射的に見上げれば。揺れる黒い前髪。
同じ色の瞳が、私の顔をのぞき見ていた。

「なんで泣いてるわけ？」

とうとう私は頭がおかしくなったのかもしれない。
涙も拭《ふ》かず。
ぐちゃぐちゃになった顔を、目一杯晒《さら》しながら、
“幻影”って、どんな時に見るんだっけ……。
と、本気で考えてしまっていた。

「泣きすぎ、」
私の目線と合わせるように。
片足を地面に突いて屈《かが》んでいるユウタ先輩の手が、泣きはらした頬へ伸びる。
そして、軽く曲げた指先で、固まっている私の代わりに涙を拭《ぬぐ》った、ユウタ先輩。
ひんやり、する……。
感覚が戻ってくると、思いつめていた気持ちが一気に外へ流れ出してしまった。

「ユ、ダぜんぱい……っ」

もう二度と話すことも、触れることもない、と思っていたんだ。
声も身体も震えが止まらない。
ユウタ先輩も私も笑顔でいるわけじゃないのに、胸が熱くなる。
熱くて痛い。
これじゃ、さっきよりも。もっと顔がぐちゃぐちゃになっていたとしてもおかしくない。

「顔、冷たいけど、いつからここにいた？」
クールな表情とは反対に、穏やかな声で私へ問いかけるユウタ先輩。
聞きたくて仕方なかったユウタ先輩の声に、ますます気持ちが抑《おさ》えきれなくなっていく。

「……会いたくて、だから私、学校帰りに……」
ユウタ先輩の顔がすぐ目の前にあるせいで、心臓の鼓動が速い。
「学校帰り？」

ケータイで時間を確かめるユウタ先輩。
「もう数時間くらい経つだろ？　会いたいって、誰に？」
泣きながら待つなんて普通の状態じゃないと思われたのかもしれない。
追及なんて初めてされた。

「ユウタ……せんぱいを……待っていたんです、……」
「俺を？」

一瞬、時間が止まったみたいになって。
ユウタ先輩が、切れ長の目を大きく見開いたような気がした。
――けど、すぐに元の冷静な黒い瞳に戻っていく。
「とにかく、ホームへ行こう」
「ゆた、せんぱ…」
「次の電車に乗るから」
私の手を取って立ち上がるユウタ先輩。
「せんぱ、」
その手に導かれるようにして、私も立ち上がった。

信じられない……。
本当に信じられない出来事だ。
電車の中。
私の前にはユウタ先輩が立っている。
しかも朝じゃなくて、夜に。

「なんで俺を待ってた？」
「えっ？」
思わず涙の跡が残ったマヌケな顔で、ユウタ先輩を見上げてしまった。
「なんで……って、」
あれだけ誤解を解きたいと思っていたのに、いざとなると声が震えて思ったように出てこない。
「っ、会って伝えたかったから…っ、」
ダメだ。
絶望からこんな状態へ急変したせいで、完全にテンパってしまってる。

「俺に？　伝えたいって、何を？」
背中に緊張が走る。
「…２日間、私が駅のホームへ行かなかったことです…、」
「………」
あの２日間。
ユウタ先輩は、いつもの電車に乗らなかった、
そう聞いたから。
だから———

「っ、風邪を引いていたんですっ、インフルエンザかもしれないからって、だから休んだんです、学校を……」
途中で呼吸をしたら言葉が止まってしまいそうな気がして、最後まで一気に喋《しゃべ》りきった。

「それに、彼氏じゃないですからっ…、」
「………」
「智哉は……彼氏じゃない……です」
最後のひとことは、声が小さくなった。
私が休んだ理由が智哉じゃないことは伝えておきたいけれど。

ユウタ先輩にしてみれば。
そこはどうでもいいことなんだろうし……。

「そう…」
思っていた以上に素っ気ないユウタ先輩の返事。
肩の力が完全に落ちていく。
理由はともかく、私に彼氏ができようと、どうしようと、ユウタ先輩には関係ない。
興味すら……ないんだ。
そんなこと、分かっていたじゃないか。
なのに、なんでショックを受ける必要があるんだろ……。
恥ずかしくて情けなくて。目を逸《そ》らしたかったのに。
なぜか、先に目を逸らしたのはユウタ先輩で。

「もう俺は、必要なくなったんだと思ってた」
「え、」

思いがけない言葉が返ってきた。
ユウタ先輩は、怒ってる？
それとも、私に呆《あき》れている？
分からない。
分からないけど、
「いえっ、ユウタ先輩がいいんですっ、私」
電車の中なのに。
感極まって、つい声のボリュームが大きくなってしまった。
「あ…、」
周りの乗客が私とユウタ先輩を見ている。
何事かと、好奇の目で。

「ご、…ごめんなさい……、」
真っ赤に充血した目をした女の子の傍《そば》にいるだけで、ユウタ先輩は恥ずかしいはずなのに。
最悪だ、私……。
自己嫌悪に陥っていると、ふっと頬にユウタ先輩のシャツが触れた。
「あんなところでずっと待っていたら身体が冷えるだろ。泣いたらもっと」
…………。
まるで胸を貸してくれているみたいに身体が近い。
鼓動が“これでもか”っていうくらい速くなる。

電車が帰りのホームへ着いた時には
もうほとんど酔っているような状態だった。
２人だけの……時間。
なのにユウタ先輩のあとに続いて改札口を出た瞬間
一気に空《むな》しさが込み上げて来た。
駅の外へ出ると空は真っ暗で、ビルのネオンだけがキラキラと揺れている。

これで最後なんだ。
ユウタ先輩とは、今日で最後……。
そう思うと、どうしようもなく苦しくなってくる。
呼吸するのも苦しい。

伝えることは伝えたんだから。
これで十分じゃん、私。
これ以上、ユウタ先輩の視界の中に。

心の中に、私は入れない。
だから最後くらい笑って見送るんだ…。
無理やり笑顔を作って、ユウタ先輩を見上げた。

「ユウタ先輩、ありがとう……」
「送ってく、から」
「へ？」
「家まで送ってく」
私にジャンパーをかけて、さっきよりも薄着になったユウタ先輩。
「先輩っ、これ」
「いいから、」

嘘《うそ》……本当に…？
ユウタ先輩は、本当に私を家まで送ってくれようとしてる…？
一気に涙腺《るいせん》が緩《ゆる》んでしまった。
けど、それと同時に。
家まで送ってもらうなんて迷惑なんじゃ……。
最後の最後で、ユウタ先輩に嫌われたくはない。
面倒くさい子、だとは思われたくない。

「あの、ユウタ先輩っ、」
名前を呼んだ瞬間から、ぐっと後悔の波が押し寄せる。
「こんな時間だし、送るのは、いいですから……、」
断ってもっと後悔した。
本音をいえば、ユウタ先輩と一緒にいたい。
歩きたい……。
１分１秒でもいいから、ユウタ先輩を感じていたい。

近くに……いたい。

「こんな時間だから、だろ？」
「えっ」
「女の子が一人で歩くとか、危ないに決まってるし。
それとも知らないヤツに襲われたい？」

ユウタ先輩の目が
“それでもいいのか”って、私へ迫っているようで
ぐっと息を飲み込む。
「っ、いえ……」
痴漢に遭《あ》った時の恐怖と。ユウタ先輩と一緒にいたい気持ちの
２つが、頭の中で入り混じる。
「っ嫌、です」
首を何度もブルンブルンと思いきり横に振った。

「だったら俺に送らせること」
そう言って再び歩き出すユウタ先輩。
「ユウタ先輩っ」
そのすぐ後ろを必死で付いていく私は、怖いもの知らずだ。
失う時間をほんの少し引き伸ばしただけの、執行猶予《しっこうゆうよ》つきのこの状況。
手放しで喜んでいいはずがないのに。
今もこうしてユウタ先輩の背中が見えることが嬉しくて仕方ない。

――――…

歩くこと十数分。

少し暗くなった道の向こうに住宅街が見えてきた。
その手前には目印のように公園がある。
けど、ここまでほとんどユウタ先輩との会話はなし。

当たり前か……。
ユウタ先輩は、私が女の子だし危ないからって、家まで送ってくれているだけなんだ。
それ以外の理由なんて、なにもない。

家が近づくと、急にまた寂しくなってくる。
公園を左手に通り過ぎようとした時。
手を繋《つな》いで歩くカップルの影が街灯に照らされてうっすらと見えた。
手……。
さっき私もユウタ先輩に握られたばかりだ。
まだユウタ先輩の体温が残っている。
「………」
このまま何も話さないで終わっていいの……？
自分の心にそう問いかけてから、ハッと顔を前に向けた。

「あのっ、ユウタ先輩、寒いし、あったかいミルクティー買っていいですかっ」
近くにある自販機を指さす。
とっさの行動だった。
「ミルクティー？」
歩いていたユウタ先輩の足が止まったのを見て、素早く自販機へ向かう。
時間をまた引き延ばすことに、なんの意味があるんだろう…。

それでも、ユウタ先輩を少しでも長く見ていたい。
声を聞いていたい。
ミサキの言うとおり、私は重症だ。
「ユウタ先輩は、何がいいですか？　今日こそお礼しますからっ」
このあいだのファミレスでは、立場が逆転してしまった。
自販機の飲み物くらいなら、ユウタ先輩も私にお礼をさせてくれるかも。
そう思っていたのだけど――――

えっ、あれ？
「っ、財布が……ない⁉」
カバンの中をいくら漁《あさ》っても財布がどこにもない。
「うそっ」
昨日あれだけ待ってユウタ先輩に会えなかったショックで、記憶がほとんど飛んでいる。
財布のことなんて全然覚えていない。
ユウタ先輩へ。
『何がいいですか』
そこまで聞いておいて、この状況はありえない。

「ミルクティーでいい？」
「え、あ」
「寒いんだろ？」
「いえ、……あ、はい」
「じゃ、ミルクティーで」
チャリンと硬貨を自販機へ入れたのは、ユウタ先輩だった。
「ありがとう……ございます」

アホだ……私。
最後の最後までユウタ先輩に迷惑かけて、何やってんだか……。

本当は寒いからじゃなくて、ユウタ先輩と一緒にいたいからで。
サヤカさんなら、こんなことないかもしれないのに。
それに、もっと楽しく並んで歩いていたのかも……。

それでも数分後には、本当にサヨナラをするのかと思うと。
「財布を忘れちゃうなんて、私ってバカですよね、ほんと」
ユウタ先輩に買わせてしまったミルクティーを片手に「へへっ」と照れ笑いをしてみせる。

悲しいけど、苦しいけど、これが精一杯のエンディングだ。
——最後の１日だ。

自宅がすぐ目の前に見えた。
「……ユウタ先輩、最後に教えて下さい…」
ユウタ先輩の隣は。
“彼女限定”だって言われたから、少し斜め後ろを歩いている私。
「彼氏がいる人を好きになって、それでいいんですか？
辛《つら》くないんですか…、」

「………」
斜め後ろを振り向いたユウタ先輩。
「その話は忘れてくれって、言ったと思うけ——」
「私もなんですっ」

無意識に、ユウタ先輩の声を遮っていた。
「私も、好きな人がいる人を好きになってっ……」
声にするとまた涙があふれてくる。
涙腺は緩《ゆる》んだままだった。

「だからっ」
駅のホームで泣いて待っていたり。
こうして必死になっていたり。
ユウタ先輩にはバレバレなんじゃないかって。
なのに、怖くてユウタ先輩の顔を見ることができない。
「………」
ユウタ先輩は、黙ったままだ。
どんな顔をしているのか想像もつかない。

「10日間、ありがとうございました。ここが私の家なんです」
灯りの点《とも》っていない自宅を指さして。
玄関へ駆け込もうとした私の腕を。

「ちょ待って、亜美」
「──っ」
掴《つか》んだユウタ先輩の手が、玄関に向いていた足を止めた。
「危ない、」
揺れる私の身体を、腕一つで支えたユウタ先輩。
「た、っ」
転びそうになって、ユウタ先輩の服に、ぎゅっとしがみつく。
じんわり伝わる…体温。

これでサヨナラだから、って。

もう二度と会うこともないから、って。
無理やり胸の中に閉じ込めようとした想いなのに。
ユウタ先輩に触れた瞬間、いとも簡単に崩れ落ちた。
呆気《あっけ》なく私の胸は、また大きく鼓動を打ちはじめる。

———ドクドクと。

「家の灯りが点ってないけど？」
私を掴《つか》んだまま、ユウタ先輩が自宅を見上げた。
「家族は？」
「え、…と、両親は、いないんです、今日」
「いない？」
もしかして、帰ってもひとりだって気づいてくれた…？
私に関心があるようには思えないユウタ先輩なのに……？

「はい、だから、あのっ、送ってもらってすみませんでし——」
「亜美、」
再び遮られた声。でも、その理由は。
「着てる」
「えっ」
「俺のジャンパー」
「あ……、あっ！」
ユウタ先輩のことを諦《あきら》めなきゃ、って。
そればかり考えていたせいで、ジャンパーを借りていたことをすっかり忘れてしまっていた。
「すいませっ……」
そのうえカミカミの状態。

さっきユウタ先輩が私を呼び止めたのは、このためだったんだ。
恥ずかしさで顔をカァーっと熱くする。
「すみませんでしたっ……、」
なにやってんだ、私。
ジャンパーを着たままとか、ユウタ先輩が引き止めるのも当然だ。
「これ、ありがとうございますっ、」
とにかく早くユウタ先輩に返さなくては、とジャンパーに手をかけた時。
「まだ着てていいから。
そのミルクティーを飲むまで、付き合うし」
「えっ？」
ジャンパーを脱ぐ手を止めたのは、ユウタ先輩で。
「一人で飲むのって、寂しいだろ？　その気持ち分かるから」

……ユウタ……先輩……。

ユウタ先輩が。
「あそこで」と言って、うちの玄関ポーチを指さした。
スタスタ歩いて、一段高くなっているところへ座るユウタ先輩。
私も、ユウタ先輩のあとを追った。
同じ駅ってことは、この近くに住んでいるのかな…とか、考えながら。
遠くから見ても近くから見ても、目立つ先輩。
一人で踏むはずだった玄関ポーチに、ユウタ先輩が座っていることが不思議で仕方ない。

「あのっ、うちの中へ……、」

ポーチに座ったのはいいとして。
ユウタ先輩の服が汚れそうな気がして、焦ったというか。
だから今。
自分がどれだけ大胆なことを口にしたのかなんて、全然分かっていなかった。
「家に？」
一瞬、目を広げて振り向いた、ユウタ先輩。

「俺はいいよ、ここで」
けど、返ってきた返事は、あっさりとしたものだった。
これがもし智哉だったなら、ホイホイと家へ上がりそうなものだけど。
ユウタ先輩は違う。

「彼氏でもないし、」
「…っ、」

“彼氏……じゃない”

尖《とが》ったもので刺されたみたいに胸が痛い。
チクチクと心に残る、痛み。
「……そうですよね…」
こんなに近い場所にいるのに、ユウタ先輩の心の中へは入れない。
入れてくれない。
笑顔がねじ曲がった。
その引きつって曲がった笑顔を、じっと見つめるユウタ先輩。

「…亜美がそのミルクティーを飲むまで、ここにいるから」
「飲むまで……ですか」
また少しタイムリミットが伸びただけの、優しくて残酷な言葉だ。
私はおずおずと、ユウタ先輩の隣へ座った。

——空席のようで、そうじゃない。
ユウタ先輩の隣へ。

心臓が壊れてしまいそうなくらい、バクバクと脈打っている。
「冷めないうちに飲んだら？」
「あ……はい……」
返事をしたものの。飲みきればサヨナラだと言われて、プルトップを開けることをためらわないはずがない。
カチ、カチ、
指が震える。
「開けようか？」
「え、あ……」
ユウタ先輩が私から缶を取ると、素早くプルトップを開ける。
「ありがとう……ございます」
ミルクティーを受け取ったけど、飲んだのは、ひと口。
このミルクティーの量が、イコール、私がユウタ先輩と一緒にいられる時間なのだと思ったら、口へ運ぶ手が宙でさまよってしまう。
そして、行き場がないのは、心も一緒。
この想いはどこへ行けばいい……？

「さっきの話だけど」

「話？」
不意に開いたユウタ先輩の口。
「好きな人がいる子を好きになって、辛《つら》くないのかって、亜美が俺に言ったろ？」
「あ、……はい」
まさか今、聞き返されると思わなかった。

「やめなきゃいけないって思ってる」
膝《ひざ》に腕を乗せ、指を組んだ、ユウタ先輩。
「え、……やめ、る？」
「ただ想っているだけでも、相手の負担になる場合もあるだろ？」
「―――、」
ユウタ先輩が放った言葉は、私の胸をもグサリと貫いた。
「見守るなんてカッコイイこと言ったって、結局は欲の塊だし」
「………、」
―――まさに私のことだ。
どんどん欲張りになっていく。
ユウタ先輩に触れたいと思ってしまう。
もしかしたら、さっきの言葉は、私への警告なのかもしれない。
“これ以上、俺に近づくな”っていう。
もしそうだとしたら……。

動揺と緊張で、無意識にミルクティーをゴクゴクと飲み干していた。
それに気づいたユウタ先輩が、静かに立ち上がる。

「亜美、短い間だったけど楽しかった」
「―――ユ、」

とうとう“終わり”の時が、やってきたんだ。
サヨナラの瞬間が。

「ありがとう……ございました」
今度はちゃんとジャンパーを返した。
頭の中が真っ白になる。
何も考えられない。
「ユ、タせっ……」
そのうえ声が喉《のど》の奥で詰まった。
私の恋は、迷子のまま。
何も告《つ》げないまま。
終わってしまう。
忘れられてしまう。

「亜美、元気で」

優しい声で最後の言葉を私に残して。
ユウタ先輩が私に背中を向けた

―――その時。
ケータイが鳴った。

私とユウタ先輩の関係を変える
電話が―――

恋をする条件

私だけを見て欲しいなんて言わない。
　好きだから
　本当に好きだから
もう少し一緒にいたかった
ただ
それだけなんだ――――

――――――――…

10日目の夜。
私は、目の前から去ろうとするユウタ先輩の背中を、潤んでいく瞳で見つめていた。
もう会えない。
もうこれで最後なんだ。
そう何度も自分に言い聞かせていた時。
～♪～～♪～～♪
――――鳴り響いたケータイの着信音。

今の空気にはまったくと言っていいほど似合わない軽快なメロディが流れたせいで。
皮肉にもユウタ先輩が振り向いた。

鳴っているのは……私のケータイだ。

今は電話に出たくない。
そんな心境にもなれない。
だけど、ユウタ先輩の視線が、震える私のカバンへ自然と向かっているのを見れば。
出ないわけにはいかなくて、ケータイを手に取った。

―――知らない番号だ。

間違い電話…？
だとしても、知らない番号からなんて気持ち悪い。
ケータイを持ったまま静止してしまった私。

「電話、鳴ってるけど？」
ユウタ先輩が、完全に足を止めた。
本当に皮肉な話だ。
この場違いちっくな電話が、ユウタ先輩の声をもう一度私に聞かせてくれることになるなんて。

けど、ユウタ先輩からしてみれば、
私が電話でもしている方が去りやすいのかも……。
って、当たり前だ。
なんとも思っていない子に見送られるより、ずっと気分が楽に違いない。
ピッ、
通話ボタンを押した。

「もしもし……」
なるべく最小限のボリュームで応答したつもり。
だったけど、電話の向こうの第一声は。
「え、あ……」
声が絡《から》んでもつれそうになる。
今、なんて……？

『―――〇〇総合病院です』
「は、……はい……」
電話に応答しながらも、私の視線はユウタ先輩へ救いを求めていた。
―――無意識に。

『うちの病院へ運ばれた患者さんが持っていたケータイの電話帳の１番最初に、あなたの名前があったので電話させてもらいました』
「患者……？」

―――意味が分からない。

『はい、救急なんですが、彼が名前も住所も教えてくれないので』
説明されても、まるで他人事のように呆然《ぼうぜん》と聞いてしまう。
「救急……ですか……」
“病院”だとか“救急”だとか、すぐ理解できない。
そんな中。
ユウタ先輩の目は、私とケータイへ向けられているままだ。

もっと緊張が増していく。

“彼”というからには、男だとしても……。
『身長は170センチくらい、髪の色が金髪で――』
「っ、金髪……」
それを聞いた瞬間、タクマだと直感した。
「……っ、今からそちらへ行きますっ……」
ユウタ先輩がいる前なのに、上擦った声で答えてしまった。
ピッ
現状が掴《つか》めないまま電話を切ったけれど、何をしていいのか分からず、ただ呆然と突っ立っているだけの自分。

「どうかした？」

私の様子がおかしいと思ったのかもしれない。
ユウタ先輩が小さく首を捻《ひね》っている。

「……な、んでも、ありません……」
病院へ運ばれたのがタクマだとして。ユウタ先輩には関係のない話だ。
関係ない……。

「なんでもないように見えないけど」
そう言って、ユウタ先輩がゆっくりと歩み寄る。
「いえ、本当にっ」
ユウタ先輩の言うとおりだ。
思いっきり動揺していた。
身体が震えていた。

「誰か病院に？」
電話に答えた声は、やっぱりユウタ先輩にも聞こえていたみたいだった。
「知り合いの人？」
ユウタ先輩の手が、震える私の肩に触れた。
「亜美、」
「お、…とうと…です…」
思わず声にしてしまっていた。

すぐに行かなきゃいけない。
病院へ行かなきゃ……、
それなのに身体が強張《こわば》って動かない。
あまりにも急な話で。
身体も足も硬直していた私の頭上で、ユウタ先輩の声がする。
「行こう、俺も一緒に行くから、」

さっきまで私に背中を向けていたユウタ先輩と、こうしてまた向き合っているだけでもキセキなのに。
「っ、一緒に……、」
混乱している頭が、さらに大きく渦を巻いていく。
今は理性も思考も上手《うま》く起動しない。
———働いてくれない。

「親がいないんだろ？　今日は」
ポケットから素早くケータイを取り出した、ユウタ先輩。
「亜美の弟が運ばれたのは、みどり総合病院？」
「え、あ…はい……、」
私が頷《うなず》くと、ユウタ先輩がケータイのボタンを押した。

ピ、ピピッ

ユウタ先輩のこういうところ。
私を痴漢から守ってくれたあの時と同じ。
私のことなんか放っておいたって、ユウタ先輩の日常には影響ない。
関係ない、のに。
「もしもし？　みどり町の———」
ユウタ先輩が番号をケータイで調べて電話をして呼んだのはタクシーだった。

タクシーを待っているあいだ
「すいません…」
と、私はユウタ先輩へ頭を下げた。
「なんで？」
一度は私に背を向け去ろうとしたユウタ先輩が、玄関ポーチへ腰を下ろす。
「緊急事態だろ？」
って、淡々とした口調で答えるところは、いつもと全然変わらない。

———そうか。
そうなんだ。
ユウタ先輩が好きで仕方ない理由。
気持ちが止まらない、理由。
ユウタ先輩が持っているのは。
誰もが振り返ってしまうほどの端正なルックスだけじゃない。
聞けば酔ってしまいそうになる声だけじゃない。

電車の中で最初に助けてもらった時もそうだった。
一見、冷たそうな態度のユウタ先輩なのに。

寒そうにしていれば、ジャンパーを。
戸惑っていれば、言葉を。
泣いていれば、指を。
必要な時に必要なだけ差し伸べてくれる。
そんな優しさを自然体で持っている人、だからなんだ。

「ユウタ先輩っ、私……、」
こうして泣きたくなるほど心細い時は。
黙って傍《そば》にいてくれる。
あぁ。
ユウタ先輩に好きな子がいなかったら、どんなにいいだろう、
って思った。
サヤカさんを想う10分の1でいいから。
振り向いてもらえたら、って――

――…

タクシーが来るまでも、タクシーに乗り込んでからも。
ユウタ先輩と私は、ほとんど無言だった。
――…けど
そっと私へ伸びた、ユウタ先輩の手。

ユウタ先輩……？

タクシーが病院へ向かって走り続けるあいだ、

ユウタ先輩は、私の手をずっとずっと握ってくれていた。
“大丈夫だから”
そう私へ言ってくれているみたいに。

――――…

「すいませんっ、長谷川です……」
病院に着いてからも、名前を言うのが精一杯な私。
もしもユウタ先輩が一緒にいてくれなかったら…。
そう思うと、身体がもっと震えてくる。

「俺はここで待ってる」
ユウタ先輩は待合室で待機するからと、長イスに座った。
そのあいだ私は、先生の話を聞くことになった。
タクマがいるらしい病室へと向かう。
「彼は、弟さんですか」
ベッドで眠っていたのは―――

「あ、……はい」
本当にタクマだった。
身体のあちこちにぐるぐると包帯を巻いて。
「ケガは軽症ですが、頭も打ったようだったので」
「っ、頭……、」
検査をするから、と言われてしまった。
そのために入院が必要だとも。

「もしかして、事故ですか…、」
一番最初に思いついたのは、確率からしても、やっぱりそれだった。

「いえ」
「いえ？」
「それがどうも殴《なぐ》られたというか……ケンカが原因らしいですね」
「ケ、ケンカ……、」
ショックだった。
しかも先生が。
「あとで警察が絡むかも」
そんなことを言うから。
っ、……警察……。
ユウタ先輩のいる待合室へ戻った時には。
顔が真っ青になっていた。

「亜美？」
「…やっぱり弟、…でした…」
「そうか、」
ユウタ先輩が「大変だったな」と言って、私の頭に手を伸ばした。
「ユウタ先輩……、」
ふわりと温かい手。
もうそれだけで、我慢している涙がこぼれ落ちそうになる……。

タクマが軽症だったことを話すと、ユウタ先輩は
「とりあえず良かった」と、ひとこと。
だから余計にケンカだとか。
警察だとか、そんな話は言えなくて。

「亜美、このあとは？」

「…24時間管理体制の病院だとかで、……私はいったん家に帰ります」
ユウタ先輩に告《つ》げると、動揺しっぱなしの私の代わりに帰りのタクシーも呼んでくれた。
だけど、私の頭の中はいっぱいいっぱいで。
まだ、すべてがゴチャゴチャ…だ。
タクマのケガの原因は、タクマの目が覚めてから聞くしかない。
頭を抱えているうちに家へ着いた。
タクシーから降りた、私とユウタ先輩。

そうだ。
これで本当にもう……。

ここまで一緒にいてくれたんだ。
ユウタ先輩に感謝しなきゃいけない。
不安だとか、一人じゃ心細いだとか言ったら、きっと笑われる。
今度こそ、
今度こそ、笑ってサヨナラを――――

「すみませんでした、それから、ありがとうございますっ、私はもう大丈夫ですから、」
深く頭を下げたあと、ドアノブへ手を伸ばした。
その瞬間。

「――亜美、」
私の手の甲を上から掴《つか》んだユウタ先輩。
ユウタ……先輩…？

「俺がいるから」
え……？
「今日はひとりきりなんだろ？　俺が一緒にいるから」
「っ、」
ユウタ先輩の言葉はいつもそうだ。
忘れなきゃいけない感情を何度も思い起こさせて、私の心を左右に激しく揺らす。
———ゆらゆらと。

「亜美、こっち向いて」と言われても。
こんな湿った顔は、ユウタ先輩に見せられない。
きっと私は、“フリ”をするのが下手《へた》なんだ。
「亜美はさっき大丈夫だって言ったけど、全然平気な顔してなかっただろ？」
だからすぐ、ユウタ先輩に見抜かれて。
なのに、そんな私に気づいてくれたことが嬉《うれ》しくて。
ドクドク……。
ユウタ先輩に手を重ねられた右手が大きく脈打って、まるで心臓になったみたいに熱く反応する。
一緒にいて欲しい……って。

けど。
だからこそ。
これ以上ユウタ先輩と一緒にいると、……ユウタ先輩を知らなかった世界に戻れなくなってしまう。
———今だってこんなに苦しいのに。

「それとも亜美の親は、今日帰って来れる？」

ユウタ先輩の声で我に返った。
静かに首を横に振る。
さっきタクシーに乗る前にお母さんへ今日の出来事を電話で報告したところだ。
急いで帰るとは言っていたけれど。
飛行機だし、早くても明日の朝になるかもしれない、って言われたばかりだった。
「いつまた病院から連絡があるか分からないだろ？」
「……あ、はい、」
こうして私の傍にいてくれたとしても。
ユウタ先輩の中に、特別な感情があるわけじゃない。
だからこれは、ユウタ先輩の優しさなんだって。
少し寂しいけど。
執行猶予をまた伸ばしてしまっただけ、だけど。

「ユウタ先輩、私と一緒にいて下さいっ……」
思いきってお願いすると、ユウタ先輩が手の力を緩《ゆる》めた。

「最初からそのつもりだったし」

――――…

タクマのことがあったにしても、やっぱり少し大胆だったのかな。
“一緒にいて下さい”なんて。
と、リビングのソファへ座っているユウタ先輩を見て思ってしまった。
だって。
不安なのは本当だし、心細いのは今も同じだけど。

うちにユウタ先輩がいるなんて。
昨日の……いや、数分まえの私には、想像もできなかった出来事だ。
「あの、夕食は、」
「いいよ俺は食べたし。亜美は？　何か食った方がいいと思うけど」
「え、あ、……私は適当にしますから、」
今は緊張と不安で、すべてがいっぱいいっぱいの私。
「だったらユウタ先輩、これをどうぞ、」
ジュースを差し出すだけで、心臓が止まりそうになる。
「疲れてるだろ、亜美は少し眠れば？　俺ここにいるし」
「え、あ、……」
やっぱりユウタ先輩は余裕というか……。
緊張しているのは私だけみたいだ。

「……あの、今は眠れそうになくて、だから———えっ、きゃ！」
突っ立っていたら。
立ち上がったユウタ先輩に、ひょいっと身体を抱き上げられてしまった。
……えっ、う、わっ、
頭の中が真っ白になる。
「いいから、無理にでも眠っとけって。じゃないと、体力もたないし」
ユウタ先輩が座っていた場所へ、そっと身体を置かれた私。

こんなの夢だ……。
ソファへ仰向けに寝かされた私を、身体を屈《かが》めたユウタ先輩が、上から見つめている。
心臓が壊れそう……。

なのに。
サヤカさんのことを見つめるユウタ先輩を思い出して。
また胸がズキズキと、苦しくなっていく。

「亜美の弟は、なんで病院へ？」
「えっ」
不意だった。
「ケガ？」
「あ、……はい」
一瞬、病院の先生に告げられた“警察”のフレーズが頭をよぎる。
けど、ユウタ先輩にそんな物騒な言葉をぶつけて、軽蔑《けいべつ》されたらどうしようって。
そう思ったら正直に原因を言えない。
ためらってしまう。
それなのに。

「もしかして、ケンカ？」
「へ？」
「そこのカバン、ボロボロだし」
ユウタ先輩が視線を向けたのは
「あ、……、」
いったんうちへ帰って来たらしいタクマがリビングへ投げていたカバンだ。
確かにボロボロになっている。

もう隠したって無駄だ。
「弟は、憧れているんですっ」
ユウタ先輩には通用しない気がした。
「憧れてる？」
「…あ、はい。近くの公園によくいた不良男子にです」
「公園の不良？」
ユウタ先輩の黒い瞳が、少し大きくなった。
「はい。だから弟は高校生になってから金髪にしたり、ケンカをしたりして……、」
やっぱりケンカで入院だとかそういうの。
ユウタ先輩にしてみれば、呆《あき》れてしまうのかもしれない。
「……」
無言になったリビング。

「ユウタ先輩？」
一瞬、私から視線を逸《そ》らした、ユウタ先輩。
でもそれは本当に一瞬で。
「亜美、そろそろ眠った方がいい」
ユウタ先輩の手が、私のシャツへ伸びた。
「ユ、タ……先輩……？」
そして、第一ボタンを外した、ユウタ先輩。
ふっと呼吸がし易《やす》くなる。

———だけど
「やっ、」
とっさに隠した、緩んだシャツの襟元。

「亜美？」
ユウタ先輩の視線が、一ヶ所で止まっている。

今の、見られた…？
それとも、見られてない…？

「……ごめんなさいっ…、ちょっとびっくりして……」
今は、ただ誤魔化《ごまか》して笑うしかない。
ユウタ先輩には知られたくないから。

「…悪い、いきなりボタンは、ないか。俺も少しぼんやりしてた」
ユウタ先輩の手が、私からスーっと離れていく。

“ごめん”……？

えっ、そうじゃない。
違う！
「いえっ、そんなことないですから……っ」
慌《あわ》てて否定する私も私だけど。
本当に違うのに！
あの瞬間、もっと触れて欲しい……と思ってしまった。
でもそれじゃ。
シャツのボタンを外されて喜んでるみたいに思われそうだし…。

「分かったから」
ユウタ先輩が、静かに笑って答えている。
“ちょっとは期待していた”なんて思われていたら、本当に恥ずかしい。
しかも私がカァーっと顔を熱くしていても、ユウタ先輩は余裕の表情に見える。

「別に言いたくなかったらいいけど、」
「…っ」
さらに胸の鼓動が速くなる。
やっぱりユウタ先輩に、見られていたんだ……。
隠したつもりだったのに、ユウタ先輩の目は誤魔化せなかったんだって、思った。
いや。
あんなモノがあれば誰だってギョっとするに違いない。
そう……私の首元には

“キスマーク”

———に、そっくりな傷痕《きずあと》があるから。

この傷のために、今までどれだけ私は……。
どん底だった日々を思い出しながら、唇をギュっと噛みしめた。
黙ってやり過ごそうなんて考えた私がバカだったんだ、って。
これから逃げられた試しが、なかったのに。

「……これ、…キスマークじゃないんです……、」
いつもの私なら黙って耐えるだけなのに。
知られた相手がユウタ先輩だと思うと、居ても立ってもいられなくて、
「…あのっ、……信じてもらえないかもしれないけど、」

必死で弁解している自分に気づいた。

ユウタ先輩は今。
何を思っているのか……。
ユウタ先輩の様子を窺《うかが》いながら、穴が開くほど背中を見つめていても。
ユウタ先輩は、何も言わない。
振り向かない。

当たり前か……。
同級生ですら、ほとんどの人が疑ってきたんだ。
ユウタ先輩が信じなかったとしても、おかしい話じゃない。
ううん、それどころか。
私のことなんか最初から関心がないのかもしれない。
そう思ったら、ユウタ先輩の背中を見るだけで、泣きたくなる。
今すぐここから消えてしまいたい。

「これのせいで私、１年の時に噂《うわさ》をされたんです…、」

ただ、ユウタ先輩には、信じてもらえなくても聞いて欲しかった。
あの電車の中。
必死で痴漢の手に耐えていた私に気づいてくれたのは、ユウタ先輩だけだったから。

「うわさ？」
ユウタ先輩が、ゆっくりと振り返る。
もしかして、私の話を聞いてくれていたのだろうか。

分からない。
分からないけど。
「着替えの時に、クラスの女子に見られてしまったんです、これを」
―――私の首にある、赤い傷痕を。
しかも、智哉を好きだった子に。
だから。
「“キスマーク”をつけて歩いてる女だって、そういう噂を流されたんです……、」
それだけじゃない。
「男の子たちには、“いつでもヤレる女”だって、
そんな噂まで、……」
一時期、クラスの女の子たちから白い目で見られていた私。
そして、身体目当ての男の子たちには言い寄られるし。
「それで、しばらく学校を休んで……、」

恥ずかしい。
それくらいのことで……とか。
ユウタ先輩に思われたかもしれない。
それでもその時は、辛《つら》くて辛くてどうしようもなかった。
そうじゃないと信じてくれたのは、中学からずっと友達のミサキと智哉だけだった。

「今でも、その子たちがそういう噂をしていて、私に近づいてくる男の子たちがいるんです……」
智哉を好きな子は、私が智哉と話すだけでも許せなくて。
今でも目の敵《かたき》にされている。
こんな学校生活、嫌だと思ったことなんて１回や２回じゃない。

唇を噛んだら、代わりに涙が出そうになって。
「だから私っ……、」
言葉にしたら、もっと辛くなって。
もう、どうしようない……。

こんな風に暗い話を聞かされたユウタ先輩は、きっと退屈に決まってる。
面倒なことを聞いてしまったって、思っているに違いない。
だけど、ここまで話したらもう……。
全部話してしまおうと思った。
今夜が、ユウタ先輩の傍《そば》にいられる最後だから———

「…これ、付けられたんです、」
「付けられた？」
少しは私に関心を持ってくれたのか。
振り返ったユウタ先輩が、小さく首を捻っている。
「うちの近くの公園で」
「公園……？」
「はい……すぐそこの公園に、前はよく不良っぽい男の子たちが集まっていたんです」
———そう。
今のタクマのような男子たちが。
「でもある日、そこで不良同士のケンカが始まって」
「ケンカ？」
ケンカが原因でタクマが入院したばかりなのに、こんな話。
私だってしたくなかった。
「そのケンカに私、巻き込まれたんです…、」

「………」

今でも時々夢に見る。
悪い……夢……。
たった一人で大勢を相手にしていた、あの時の男の子。

「金髪の男の子が殴《なぐ》り飛ばした男子の中の一人が、タバコを持っていて、」
たまたまそこにいた私とぶつかった拍子に。
火のついたタバコが私の首へ押し当てられた。
「それが、これです」
残ったのは、まるでキスマークのような、赤い傷。
だから、どうしても。
ユウタ先輩にだけは、本当のことを話しておきたかったのに。

「金髪……」
なんだか、ユウタ先輩の顔色が悪い。

「——…ぱい、——ユウタ先輩？」
不安になって声をかけた。
するとハッと気づいたように視点を戻したユウタ先輩。

「悪い、なんでもない」
やっぱりどこか具合が悪いのかもしれない。
「ユウタせ、」
「亜美は悪くないから」
「へ？」

一瞬、真顔でそう言ったかと思うと、ユウタ先輩の右手の手のひらが、私の頬へ伸びた。
「ユっ……、」
ひんやりとしたリアルな感触に、心臓が飛び跳ねそうになる。
「亜美は悪くない」
そう繰り返すユウタ先輩に、胸がぎゅーと痛いくらい熱くなっていく。
そんな風に言ってもらえたのは、初めてだったから。

「亜美、もう１回見せて」
「えっ」
つまんない話を聞かせてしまったんじゃないかって思ってた。
だからユウタ先輩の機嫌が悪くなったのかも、……って。
「あのっ」
「いいから、もう一度」
ユウタ先輩の手が、頬を離れて首へと向かう。

どうして……？
ユウタ先輩だって最初に見た時に思ったはずなんだ。
これは“キスマーク”だって。
だけど、ユウタ先輩の目は、からかっているとか、そんなんじゃない。
いつになく真剣な表情で見つめてくる。

「亜美は悪くないって、言っただろ」
ユウタ先輩の手が、さっきと同じようにシャツへ伸びた。
「ユ……、」
動揺する暇《ひま》もなく。

ゆっくりと広げられる、首元。
「っ……」

ドックン……。
大きくなる鼓動。
ユウタ先輩の指先が、そっと赤い痕《あと》に触れた。
「っ、」
見られたくないのに、触れられたいなんて、矛盾もいいところだ。
ユウタ先輩の指が、赤い痕を丁寧になぞっていく。
「ユ……タ、先輩……」
どうしてユウタ先輩が、もう一度見たいなんて言い出したのか、分からない。
分からなかったけど。
「辛かっただろ」
ユウタ先輩のそのひとことが、緊張から私を一気に解放してくれた。
我慢していた涙腺《るいせん》を緩《ゆる》めていく。

「……ユウタ、セン……パイ」

信じてくれたの……？
私が話したことを全部、信じて…。

「っ、嘘《うそ》じゃないんですっ、公園の話……、」

噂が広まった時、クラスの女の子たちに話しても、誰も信じてくれなかった。

『あの子だよね？　キスマーク付ける男がいるのに、智哉くんにも言い寄ってる女って』
『わ、サイテー！』
『智哉くん騙《だま》されてるんじゃないのー？』
ずっとずっと。
ミサキと智哉の前では、“平気なフリ”をしてた。
平気なフリをしなきゃ、やっていけなかった。

「嘘じゃ…ないんです……本当にケンカに巻き込まれてっ…、」
いつも公園にいた、金髪の男の子。
髪の色が目立っていたせいで、学校帰りに公園を通る時には、よく見かけていた。
何をするわけでもなく、公園のベンチに座ったまま。
時々、他校の男子とケンカをしたりはしていたけれど。
あの時は、いつになく大勢で——…。

「嘘だとか思ってないから」

突然……だった。
気づけばユウタ先輩に、ギュっと強く抱きしめられた。
「ユウタ……ぜんぱいっ……？」
信じられない……。
ユウタ先輩の胸に、すっぽりと埋まっている自分の身体。
近過ぎて、どこで息を吸っていいのか分からない。
呼吸が上手《うま》くできない。
「うっ……」
誰かの腕に甘えたことなんかなかった。

「私の話、信じてくれるんですか……、」
心のどこかで、同情されていることが分かっていても、ユウタ先輩の手を離せない。
やっぱり、どうしても。
ユウタ先輩が……好き。

「ユウタ先輩、私っ……、」
思わず想いを声にしそうになった———その瞬間。
ガタガタ ガタガタ
震えだした、テーブルの上に置いていた私のケータイ。

「…ケータイ鳴ってる」
「……あ、はい」
できればずっと、こうしてユウタ先輩の胸の中にいられたら…って思ったけど、鳴り続けるケータイに手を伸ばした。

『あ、亜美？』
電話は、——智哉からだ。

何となくというか。
気まずくて、ユウタ先輩から視線を逸《そ》らしてしまった。
少しだけ離れた場所へ向かう。
『亜美、寝てた？』
「…ううん」
相変わらず元気な智哉の声に、ひとまず安心……と言った感じ。
けど、どうして智哉から電話が……？
『亜美、俺さ——…』

———ピッ
智哉からの電話を切ってから、ソファへ戻った。
「病院から？」
「いえ、違いました」
「そっか、なら亜美はそろそろ眠った方がいい。もし電話が掛かってきたら起こすし」
「あ、はい…。ユウタ先輩は…？」
「俺のことは気にしない。こういうの慣れてるし」
慣れてる…？
って、徹夜が…？
まだ分からないことだらけのユウタ先輩なのに。
眠ったら今日が終わってしまう。

最後の１日が……。

————…

「んっ」
窓から差した光の眩《まぶ》しさで目が覚めた。
「あ、……」
ソファへ転がっている自分に気づいて、パッと起き上がる。

「っ、ユウタ先輩はっ……」
リビングを見回した。
けれど、ユウタ先輩の姿はどこにも見当たらなくて。
「いないっ」

ソファーから飛び降りた私は、家中を駆け回ってユウタ先輩を捜《さが》した。

「っ、ユウタ先輩っ、……ユ…タ先輩っ」

どんなに名前を叫んで読んでも、返事すらなくて。
足だけじゃなく、声までもつれそうになる。

「ユ、っタ、先輩っ……」

最後の１日だったのに。
私が眠っている間に、ユウタ先輩は帰ってしまったんだ。
そのことに気づいた時には、もう頬に涙が伝っていた。

「ぅっ……ユ、タ……ぜんぱいっ……」

まだうっすらと残っている甘い香りも。
赤い痕に触れた指の感触も。
優しい声も。
全部、全部、
ユウタ先輩を思い出させるものなのに。

ユウタ先輩だけが
いない……。

恋じゃ足りない

——…

————————…

「亜美ごめんね、大変だったわね」
「えっ…、ううん」

数時間後。
私はタクマが検査入院をしている総合病院にいた。
空港から直接病院へ駆けつけたお母さんたちから電話があったからだ。
「昨日は亜美ひとりに任せてしまったわね。ちゃんと眠れた？」
「…あ、…うん」
お母さんには一応うなずいておいたけれど、本当は一人じゃ何もできなかった。
ユウタ先輩がいてくれたから。
傍《そば》にいてくれたから。
パニックを起こさずにいられた。
こうして今、何とかここに立っていられる。
ユウタ先輩が私と一緒にいてくれたから……。

「検査の結果だけど、タクマは大丈夫だったみたい」
「そうなんだ、良かった」

特に異常もなく無事に退院できることになった弟は今、お父さんからお小言を食らっている最中だとか。
帰りの車の中では、終始ブスっとした表情で無言のタクマが私の隣に座っていた。
そばにいると、やっぱり気になる金色の髪。

「ねぇ、なんで金髪にしたりするの…？　ケンカまで……」
「………」
ダメ元でタクマへ聞いてみたけれど、やっぱり無駄だった。
タクマは無言……。

「あの人のマネ？」
だから自分から突っ込んでみる。
タクマが以前、公園によくいたあの金髪の不良男子に憧れていたことを知っているから。
私の首元にある赤い痕《あと》の原因になった乱闘をしていた、あの男の子に……。
あれは絶対不良同士のケンカだった。
ひとり公園で過ごしていた金髪の彼は、きっと授業をサボってでもいたんだろう。
『姉ちゃん、あいつスゲーわ！』
退屈だったのか、時々公園を通りがかるタクマを相手にしていたみたいだった。
だからタクマは、ケンカも強かったあの男の子に憧れていて……。
「私は嫌い、」
「は？」
昨日の夜のことを思い出していたら、無意識につぶやいてしまっていた。
「嫌いなものは嫌いなんだから…、」
タクマがどんなに憧れていても、私にとって彼は最悪な思い出でしかない。
「なんで金髪なんかにしたのっ、……なんでケンカなんかするのっ」
「は〜？　姉ちゃん、なに急に暴れてんだよ、」
できれば忘れていたかったのに。
忘れて……。

“亜美は、悪くないから”

私の耳元でそう囁《ささや》いたユウタ先輩の声が、今も忘れられない。
あんな男の子たちとは真逆で。優しくて。

ユウタ先輩に、会いたい……。

——…

————…

「そっかぁ…。もう10日が経《た》ったんだ」
月曜日の食堂は少し混んでいるものの、なんとか席を確保した私とミサキ。
賑やかな周りとは対象的に、私の心は時間が止まった状態だった。
「ユウタ先輩、今朝は駅のホームにいなかったんでしょ。もうあきらめるしかないよね……」
いつものようにパックのジュースを飲みながら語りかけるミサ

キに。
「……分かってる……」
心ここに在らずの声で答えるだけの私。
予定の10日間が経った今朝。ユウタ先輩はホームにいなかった。
現れなかった。
「あ、彼氏から電話だ」
ミサキがケータイをチェックしている。
ケータイ……。
そういえば昨日、智哉から電話があったんだっけ……。
と、ぼんやり思い出した。

『亜美、俺さ……試合が近くて朝練があるんだ。しばらく一緒に電車乗れそうになくて、ごめん』
確か、第一声がそれだったはず。
『あ、でも試合が終わったら、また電車通するし、どこか行こうぜ一緒に！』
そんなことまで言っていたような、気がする。

「そういえば亜美をデートに誘ったらしいね、智哉。どうするの～？　行くの？　行かないの？」
智哉が昨日の電話のことを話したのかもしれない。
ミサキが興味津々《きょうみしんしん》な声で聞いてくる。
ミサキは、ユウタ先輩を忘れるためにも「智哉とデートに行っちゃえば？」
そんなことを言ってきたり。
「あ、でも、また智哉のファンがうるさいかぁ……」
私の代わりに悩んでみたり、忙しそうにしている。
けど、私はまだユウタ先輩を忘れることができなくて。

デート……。
その響きが微妙に怖い。
「10日間しかなかったんだから、頑張った方じゃん、ね、亜美」
………。
ミサキの言うとおりかもしれない。
10日間で私ができることなんて。
たかが知れている。
私なんかがユウタ先輩に近づけるはずがなかった。
遠くから見ているだけにすれば良かったのかな……？
そしたら、こんなに苦しくならなかったのかもしれないのに……。

———…
「じゃあバスが来たから行くね」
「…うん、」
ミサキと一緒に駅まで帰って来ると、バス通学のミサキは、ターミナルへ向かって走って行った。
私はそのままホームへ向かい、電車へ乗り込んだ。
———だけど。
毎朝ドキドキしながら駅へ向かった、あんな気持ちには二度となれない。そう思うと
「ユウタ先輩……」
いるはずのない人を捜《さが》してしまう、あきらめの悪い私。

しばらくして着いた駅の出口で。

「あれ、亜美ちゃん？」
呼ばれて、振り向くと。

「あ……、」

ユウタ先輩の好きな人。
サヤカさんが立っていた。

「やっぱり亜美ちゃんだよね？」
数メートル先で揺れている、Ｓ学園の制服のスカート。
「やっぱりそうだと思ったんだ。後ろ姿が似てたし、東高の制服だし」
納得したように私の元へ駆け寄ってくる。
「わー、偶然だね」
「…え、あ…ほんとに」
どう反応していいのか。
本当に、思いがけない出来事だったから。

「今日は亜美ちゃん、一人なんだ？」
「あ、……うん」
色が白くてモデル体型なサヤカさん。
こんなにキレイな子がユウタ先輩の近くにいれば、他の女の子に心が動かないのも分かる。
悲しいけど、納得できちゃう……。

「本当に偶然だね…」
なんとなくキョロキョロしてしまった。

もしかして。
ユウタ先輩もいる……？

そんな淡い期待を抱いたって後遺症が広がるだけなのに。私ってバカだ……。
もし仮にユウタ先輩がここにいたとしても。
サヤカさんと一緒にいるのを見れば、傷つくだけだよ……。

「そっかぁ、私も今、ひとりなんだ。
待ち合わせしてるんだけど、ちょっと早く着いちゃった」
サヤカさんが、私の隣に並んだ。
そっか。
ひとり、なんだ……。
今日はユウタ先輩と一緒じゃないんだ……。
寂しいのに、でも、心のどこかでほっとする自分もいる。

「亜美ちゃんも帰り？」
「あ、……うん」
とはいえ、いきなりのこの状況。
本当にどうしていいのか、分からない。
だって、ユウタ先輩に会えなくなったその日に。
ユウタ先輩の好きな“彼女”と、ばったり会うなんて、思ってもみなかった、から。
どうしようかと戸惑っている私へ。
思いがけないことを言い出した、サヤカさん。
「ねぇ亜美ちゃん、時間があるなら、一緒にカフェでもしようよ」
「えっ？」
こんなの、まさか……だ。
本当にまさか、サヤカさんから誘われるなんて思いもしなかった。

「もしかして何か用事とかあったりする？」
「あ、…ううん、」
「じゃ、あそことかどうかな？　ユウくんも好きなんだよね、」
サヤカさんが、道路の向こうへ目を向ける。

“ユウくん……”
いつ聞いてもユウタ先輩に近い、その呼び方。
こんなことで嫉妬したって仕方ないのに……。

サヤカさんが指をさしたのは、女の子が好きそうな可愛い外観のカフェ？
え、あ……ええっ…？
ユウくんも好き……⁉
さっきサヤカさん、ユウタ先輩もあのカフェが好きだって言ったよね…？
きっとユウタ先輩。
サヤカさんの趣味に合わせているんだろうな、……って。
なんとなく、…だけど。

――――――…

思ったとおりカフェの中は、私たちと同じ女子高生が多くて。
やっぱりっていうか。
ユウタ先輩はサヤカさんには、とことん甘いんだなって、思いながら、窓際の席にサヤカさんと向かい合って座った。
……味わったことのない緊張が走る。

「あの、今日ユウタ先輩は……？」
「ユウくん…？」

私がユウタ先輩のことを訊《き》いたのが意外だというような、サヤカさんの目。
「あ、…、ユウタ先輩、電車に乗るのやめたみたいだから……、」
そう言うと、サヤカさんは。
「え、ユウくん連絡してないの？」
不思議そうに首を傾《かし》げている。
でも。
ユウタ先輩と私が連絡って。
そんなの、あるわけない。
最初から10日間だけの約束だったんだから……。

「まぁユウくん、ちょっと分からないっていうか。クールなところ、あるもんね」
私へのフォローだったりするのかな。
サヤカさんが苦笑いしている。
「私も最近ユウくんとは、電話でしか話してないから、よく分かんないんだよね…」
ふと窓の外を見ながら漏らしたサヤカさんの言葉に、思わず落としかけていた顔を上げた。
（電話だけなんだ……）

「そういえば今朝、用事があってユウくんに電話した時、
ちょっと様子が変だったかも」
「ユウタ先輩が……？」

サヤカさんの一言一句に大きく反応する、私の心。
昨日の出来事がふと頭に浮かんだ。

けど、きっとそれは関係ない。
関係あるとすれば、多分サヤカさんのことで。
私のことなんかじゃ……ない。
ユウタ先輩は、サヤカさんに自分の気持ちを伝えたりしたのかな…？
鈍感な私でさえ気づいてしまうほどの、…零《こぼ》れそうなあの想いを。
それに。
サヤカさんは、ユウタ先輩の気持ちを知ってる…？
それとも、まだ気づいていない…？
知りたいことはあっても、私が踏み込めないことばかりだ。

「ユウタ先輩、頭が良さそうだし、いろいろ考えてそう……ですよね……」
だからじゃないけど、なんとなく話を逸《そ》らしてしまった。
「うん、ユウくん頭いいよね。留学先でも成績いいみたいだし」
サヤカさんが
「すごいよね、ほんとに」
と言って笑う。
「前のユウくんは、今と全然違うから」
「えっ？」

違う……？
って、何が…？

“違う”なんて言われると、気になってしまう。
ユウタ先輩のことだから、尚更《なおさら》に。

「だって、中学の時のユウくんはね、」
そう言いかけてから。
「あ……でも、勝手に言っちゃダメかな？」
チラリと頭にユウタ先輩の顔でも浮かんだのか。
途中で言葉を止めた、サヤカさん。

どうしたんだろう……。
ユウタ先輩の好きなサヤカさんに言われると、余計に気になってしまう。
なんだか落ち着かない……。

「カッコよくてモテたのは、今と変わりないけどね」
サヤカさんが、つぶやいたそのひとことで。
もしかしたらユウタ先輩。
“オタク系ビン底メガネくん”だったのかも、とか。
そんな私の想像は、とりあえず却下された。
「やっぱりユウタ先輩、モテたんですね…、」
そうだろうな。
あれでモテなかったら、みんなの視力おかしいよ。
「うん、でも今とは別のモテ方だったかも」
「別の？」
やっぱり何か含んだ笑みを浮かべる、サヤカさん。
…………。
なんだかまるで。
もうひとり。
“別のユウタ先輩”がいるみたいに聞こえてくる。

「そうだ。亜美ちゃんが、ユウくんに聞いてみるといいよ」

納得っていうか。
自己解決したように、サヤカさんがストローでジュースを飲んだ。
私が、ユウタ先輩に聞いてみる……？
そんなの無理だ。
無理に決まってる。
“聞いたら”って言われても、聞けるはずがない。
ユウタ先輩の連絡先、知らないし……。
「多分、ユウくんのこと知ったら、亜美ちゃんびっくりするよ」
「……びっくり？」
私の知らないユウタ先輩を知っている、サヤカさん。

————知りたい。
ユウタ先輩の過去。
ユウタ先輩のすべてを。
知りたい。
もうユウタ先輩とは、なんの関係もないくせに。
知りたくてたまらない。
そんな衝動に駆られていると。
「あ、メール」
サヤカさんが光るケータイを見て、席を立ち上がった。
さっき待ち合わせをしているって言っていたから。
多分、その相手なんだろう。
「亜美ちゃん付き合ってくれてありがと。私行くね」
「えっ、」
カバンから財布を取り出し、テーブルの上にお金を置いたサヤカさん。
————待って、

ユウタ先輩の……！
サヤカさんに向かって手を伸ばした。
けれども、サヤカさんはケータイを確かめながら。
「じゃあね」
赤いリボンをなびかせて、慌《あわ》てたようにカフェから去って行った。

——…
————————…
あれから数日。

「亜美ーいいか、男に誘われてもついていくなよなっ、
俺の試合が終わるまでは大人しくしとけよ！」
放課後。
スポーツバッグを肩に抱えた智哉が、出入り口のドアの前で私に叫んでから部活へ出て行った。
どうやら大会前らしい。

「あー、智哉、言っちゃったねぇ～」
ミサキが苦笑いする理由は、智哉が去ったあと。
智哉のファンの白柳さんたちが、キリリと私に睨《にら》みを利《き》かせているから。
去年から、私の噂《うわさ》を流しているのもあの子たちだ。

「智哉も女心が分かってないよねぇ、ホント」
ミサキの言うように。
智哉は、白柳さんたちが私の悪い噂を流している理由が、自分

絡《がら》みだということに気づいていなくて。
「あれでもう少し敏感だったら良かったのに」
ミサキが「はぁ～」と、溜め息を漏らしている。
―――…
「ところで亜美、ユウタ先輩とは、ホントにあれっきりだったりするの？」
息を吹き返したように、顔を上げるミサキ。
その目の前で、私は帰宅の準備をはじめていた。
「ユウタ先輩には会ってないけど、Ｓ学園のサヤカさんには会った」
「えっ、Ｓ学園？　って、ユウタ先輩が好きな？」
ユウタ先輩抜きでサヤカさんと会ったことに、ミサキは驚きを隠せないみたいだ。
「やっぱりユウタ先輩のことで、とか⁉」
興奮気味に聞いてくる。
「…まぁ、そんなとこかな…」
曖昧《あいまい》に答えたのは、半分強がりのようなものだった。

“ユウくんのこと知ったら、びっくりするよ”

サヤカさんに会ってから、ますますユウタ先輩のことが気になって仕方なくて。
「今日は帰るね」
落ち込む前に教室を出ることにした。
玄関で靴に履き替え、さらに校門を出たところで。

「まだ、二宮くんにちょっかい出してるんだ？」
さっき教室で私を威嚇《いかく》していた、白柳さんたちが立っていた。

「しぶといよね、ほんと」
「別に私は、ちょっかいなんか、」
こんな風に彼女たちは、智哉のいないところで私に絡んでくることが多い。
「あんなキスマークつけて、二宮くんまで誘惑する気？」
私の肩を掴《つか》んだ白柳さん。
「みんな見てるんだからね！」

「――それは、キスマークじゃない」
――――⁉

もの凄《すご》い形相で迫る白柳さんに、否定の言葉を返したのは。
必死に抵抗していたけれど。
――私じゃない。

「その手離してくれる？　この子、俺のだから」

白柳さんたちを上から見下ろす、黒い瞳。
低い声。

ユウタ……先輩……！

びっくりして声もでない。
だって、そうだ。
10日間だけ…の、はずだった。
それが終われば、二度と話すことも触れることもない、他人に戻るだけの関係、
……だった、のに。

「まさか本当に、キスマークだとか思ってるわけじゃないだろうけど、」
乾いたユウタ先輩の声が、白柳さんたちを威嚇する。
「もしそうなら、今も痕《あと》が残ってるはずないし」
私のすぐ背後。
今ユウタ先輩は、いったいどんな目で白柳さんを見ているんだろう。
———そのキレイ過ぎる顔を、彼女たちに向けて。

「も、もちろん本気じゃないよね、ねっ」
焦り気味の声で、周りの女の子たちに同意を求めている、白柳さん。
そんな彼女に。
「分かってるなら、もう二度と変なうわさ、流さないでくれる？」
感情の見えない口調でいい放ったユウタ先輩が、さらに低い声をその場に響かせる。
「これ以上、俺を、怒らせないで欲しいんだけど」
「っ」
ユ…ウタ先輩……？
周りの空気が一瞬で凍りついた。
ユウタ先輩の声に感情がないなんて、とんでもない勘違いだ。
———背骨の奥までゾクゾクする。

「冗談だからっ、全部っ」
「だよねっ」
「二宮くんと関係なかったら、それでいいしっ」

突然の出来事に、直立不動でいた私。
慌てて走り去る白柳さんたちを、呆然《ぼうぜん》として見送ってしまっていた。
…………。
この状況をどう把握していいのか分からなくて。
白柳さんたちの姿が完全に視界から消えて初めて、自分の腰にユウタ先輩の腕が回っていたことに気づく。

「っ、ユウタ先輩……」
名前を呼ぶと、自然に離れた手。
夢から覚めたように振り返った。

「なんで、ユウタ先輩が……？」
ここに。
私の前にいるのか。
分からない……。

「今日は少し時間があったから」
校門から離れるように歩き出した、ユウタ先輩。
え、でも。
だからって、どうして東高に……？

「あのっ、ユウタ先輩っ……、」
すでに数メートル先を歩いていたユウタ先輩の背中を、小走りで追いかけた。
「っ、……どうして、ここへっ……？」
さっきのユウタ先輩。
いつもの言いがかりで迫っていた白柳さんたちから、私を守ってくれたんだよね……？
違う？
そうだよね……？

「ユウタ先輩っ」
広い背中を見つめながら、必死で駆け寄った私。
ようやく長いコンパスに追いついた。

「なんで俺に、付いてくるわけ？」

ユウタ先輩が振り向くことなく、淡々とした声で言い放った。
「なんで、って、……」
さっき白柳さんたちを威嚇していたのが嘘《うそ》みたいにあっさりとした、ユウタ先輩の声。
歩く速度がさらに速くなる。

このままだと、ユウタ先輩に上手《うま》くかわされるような気がして
「…それはっ、ユウタ先輩が私の目の前にいるから、ですっ…、」
今日の私は、なんとか食らいついた。
だって、今ここにユウタ先輩がいるのは、事実だから……。

「ユウタ先輩っ、さっきこの傷のことで、あの子たちに言ってくれましたよねっ…？」

嬉《うれ》しかった。
ユウタ先輩が言い返してくれたことが、嬉しかった。
嬉しいのに
胸がギュ—って、苦しくて、痛くて……。

「気になって、来てみただけだから、」
「えっ」
つぶやくように放ったユウタ先輩の声。

気になった……って
私……のこと……？

「ユウタ先輩……っ」
もし、ほんの少しでも。
頭の隅だとしても。
ユウタ先輩が、私のことを思い浮かべてくれたんだとしたら……。
「ユ、タせんぱっ、私っ……、」
先輩に会えなくなってから、ずっと思っていたんだ。
キセキなんてそう度々あるわけじゃない。
伝えられる時に伝えておかなきゃ、いけなかったんだ、って。
私なんか相手にされていないのは、分かってる。
サヤカさんの10分の一も、ユウタ先輩の視界に入っていないことも。
分かっていたから、眠れなかった。
———苦しかった。

分かっていたのに。
「……ずっとずっと、ユウタ先輩のことが忘れられなくて……」
ユウタ先輩に会いたくて、仕方なかった……。
「ユウタ先輩、っ」
止まらない。

ユウタ先輩への気持ちが止まらない。
ユウタ先輩にしか、心が動かない。
どうしても。
胸の奥からあふれる想いを抑《おさ》えることができなくて。
私を振り切って歩くユウタ先輩の背中へ、渾身《こんしん》の声をぶつけていた。

「私、ユウタ先輩のことがっ、……好きなんですっ……」

車がほとんど走らない裏道のようなこの場所で、私の声が耳に届かないはずがない。
前を歩いていたユウタ先輩の、足が止まる。

「ユウタ……先輩っ…、」
この絶対的な胸の痛みが、なんなのか。
繰り返し考えてみたところで、答えは最初から決まっていたんだ。
なのに、ユウタ先輩へ想いを伝えられずにいたのは。自分が確実に傷つくことが分かっていたから。
ユウタ先輩に、拒絶されるのが怖かったから……、

私の数センチ前で立ち止まったユウタ先輩が、ゆっくりと振り返った。

「前に、言ったと思うけど」
片手をズボンのポケットに入れて、私へ視線を向けたユウタ先輩。
「俺は、そんなに優しくないって、」

ユウタ先輩の黒髪が、通りを吹き抜けていく風になびいてサラサラと揺れている。
「優しくない……」
確かにユウタ先輩から、そう言われたことがある。
「でもっ、ユウタ先輩はっ…、」
優しくないなんて思わない。
私は、思わない。
思って、ない。
そんな強い意思を込めた瞳をユウタ先輩へ向けると。
それ以上に鋭いユウタ先輩の視線が返ってきた。

「本当の俺を知っても、そんなことが言える？」

本当のユウタ先輩…？

それって。
どういう…意味…？

怒っているわけじゃない。
からかっているわけでもない。
まるで私の心の中を探っているようなユウタ先輩の黒い瞳が、ゆらゆら揺れている。

“多分、ユウくんのこと知ったら、亜美ちゃん———”

また、ふっと、サヤカさんの言葉が頭に浮かんだ。
思い出なのか、秘密なのか。
私の知らない過去を共有している２人に、勝手に心が痛がるなんて、本当に私はどうしようもない。

「亜美、」
「ユウタ先輩っ、」

コンマの差で、ユウタ先輩の声を遮った。
ユウタ先輩から拒絶される前に、どうしても伝えておきたかったから。
「私っ……、ユウタ先輩に出会ってから、逃げないようになったんですっ」
今、伝えなきゃ、きっと一生言えない気がする。
もつれそうになる声を、なんとか喉《のど》の奥から絞《しぼ》り出した。

「…ユウタ先輩がいたからっ…、」
ユウタ先輩は、さっき何を言いかけたのか。
手のひらをギュっと握って、必死の形相をしている私を。
「……」
黙ったまま上から見下ろしている。
「…さっきのあの子たちに変な噂《うわさ》を流されて。だから、今まで逃げてばっかりいたんです……っ」
どんなに否定しても無駄だって。
心の中で、あきらめてた。
あきらめるしかないって、思ってた。
でも。
「そんな私を、ユウタ先輩が変えてくれたんです……っ、」

ダメだ……。
ユウタ先輩の顔が霞《かす》んでいく……。

「…だから私っ、ユウタ先輩に好きな人がいても、…止まらなくて、…」
想いを告《つ》げることが、こんなにも難しいなんて思わなかった。
緩《ゆる》んだ視界が、どんどん薄れていく。
ユウタ先輩は、困惑しているのか。
それとも、迷惑だと思っているのか。
怖くて視線を合わせられない。

「だからっ、だから……、」

伝えたい想いは、たった一つしかなくて。
これ以上、言葉が出てこない。
———長い長い、沈黙が続く。

どのくらい時間が経《た》ったのか。
自分の嗚咽《おえつ》に混じって冷たく低い声が耳に届いた。

「——俺に近づいたら泣くよ、」

「……」
「それでもいいわけ？」
「……、」
まるで念を押されているような。
覚悟を決めたような、ユウタ先輩のその声に顔を上げた瞬間。
————————、
視界が、ユウタ先輩の影でいっぱいになった。
———えっ、

唇に、生あたたかい感触が走る。
気づけば。

―――ユウタ先輩の唇が
触れていた。

それは、あまりに突然な出来事で。
心臓が本当に停止したかと思った。
「…んっ、」
軽く唇が触れるだけのキスなのに、呼吸すらまともにできない。
この状況がなんなのか、考える余裕もない。
「んっ、――」
次第に身体が熱を感じてきた。
すると、ゆっくり離れていく、…ユウタ先輩の唇。

「……はぁ」
酸素を身体に吸い込むことができて初めて。
私は今ここで信じられない出来事が起こっていることに気づく。
「ユ…タ……、」
「俺、こういうこと、する男だから、」
頭の中まで麻痺《まひ》した状態でいる私にユウタ先輩は。
たった今キスをしたとは思えないほど、クールな声で迫ってくる。
「優しくもないし、真面目《まじめ》な男でもないし」
「……、」
「亜美が思ってるような王子様でも何でもない、ってこと、」

“それでも俺のことを、好きだって言える？”

ユウタ先輩の目が私に、そう語りかけているように思えて。
もしかして、さっきのキスは。
私に“あきらめろ”って。
そういう意味だった……？

「ユウタ先輩っ……、」
分かっていたのに、そんなこと。
だけど、それでも止まらなかったから伝えたんだよ。
ユウタ先輩へ想いをぶつけたんだ。

「…ユウタ先輩に好きな人がいても、いいんですっ…、」
きっと私はユウタ先輩が望んでいる言葉とは、逆のセリフを言っているに違いない。
けど、それでも。
ユウタ先輩の傍《そば》にいたい。
もっとユウタ先輩のことが知りたい。
「好き、なんです、」
ユウタ先輩へ手を伸ばして、シャツの袖をギュっと握った。

「亜美は俺にどうして欲しいわけ？」
「どうして欲しい、って…、」
好きな人がいるユウタ先輩に告白なんかして、私はいったいどうして欲しかったのか。
そのあとのことなんか、考えてもみなかった。

「……なんでよりによって、」
そうつぶやいて私から目を逸《そ》らすと、ユウタ先輩は灰色になっていく空を見上げた。
こんな時でもキレイなユウタ先輩の輪郭にゾクゾクしてしまう本当に私は重症だ。
陽《ひ》が落ちた空を見つめて、あきらめたように息を吐き出した、ユウタ先輩。

「分かったから、」
「えっ」
ユウタ先輩の視線が、またゆっくりと私へ戻ってきた。
分かった……？

「亜美が俺に会いたい時は、ここへ連絡して」
ユウタ先輩が、「ケータイ貸してくれる？」と言って私に右手を伸ばした。
「あ、…はい、」
言われるままカバンからケータイを取り出して渡す。
「いつも時間が作れるわけじゃないけど、」
登録をしてから顔を上げたユウタ先輩。
「っていうか。分かってる？　亜美」
そのままユウタ先輩がケータイを私に返した。
「付き合うって、どういう意味か、」
さっきキスをした唇にユウタ先輩が指で触れる。

「泣くよ、ホントに」
そして、私の耳元へ軽くキスを落とした。

「俺を呼んだ時には、それなりに覚悟してて」

恋のベクトル

――…

――――――――…

『えっ、なにそれ!? てか、どう転んだらそんな展開になるの!?』

家に帰ってから眠りにつく前。

ミサキに、ユウタ先輩が東高まで来たこと。

それから。

付き合うっていうか。

ユウタ先輩と電話番号とメアドを交換したことを告《つ》げたら、声が上擦っていた。

「どうって…私にも分からない」

『はぁ？』

今日どうしてユウタ先輩が東高まで来たのか。

『ユウタ先輩の気まぐれ？ だったら亜美が傷つくよ、絶対』

そんなことをミサキに言われてしまった。

だからってわけじゃないけれど、キスされたことは、内緒にしておいた方がいいかも。

ユウタ先輩が私を好きでキスをしたんじゃないことが

よく分かったから……。

『でもさぁ、ユウタ先輩、なんで急に亜美と…？』
電話の向こうで、まだミサキがぶつぶつ言っている。
その理由が分かるなら、私が知りたいくらいだ。
ユウタ先輩の気持ちは、間違いなく私に向いていないのに
どうして、って……。

『どっちにしても智哉には、黙っておかなきゃね、亜美』
「智哉に？」
『あいつがこのことを知ったら……考えただけでもトラブルの元だって！』
智哉には当分のあいだ知られないようにと、ミサキから念入りに注意をされてしまった。

ミサキの電話を切ったあと。
「………」
ユウタ先輩にメールを打ってみようかと画面と睨《にら》めっこをしてみる。
どうしよう……。
今日の今日でメールとか、ウザいかも…。
そう思いつつも。
“おやすみなさい”のメールくらいはいいかな、とか。
散々迷ったけど。最後は思いきって“おやすみなさい”とだけ打って、メールを送信した。

――――…

けど、何時間経《た》っても、ユウタ先輩からは返信がない。
そうだよね……。
やっぱりウザかったんだ。

後悔しながらベッドへ潜《もぐ》り込むと、枕に顔を埋《うず》める。
やっぱりメールしなきゃ良かったかも……。

――――…

次の日の朝、
メールの着信音で目が覚めた。
「誰だろ…」
寝ぼけ眼《まなこ》でケータイへ手を伸ばして、確かめる。
「えっ」
一気に目が覚めた。

ユウタ先輩から、だった。

片手で持っていたケータイを、思わず両手で握りしめた。
本当にユウタ先輩のメール…⁉
名前を見てもまだ信じられず、
ベッドの上に正座してケータイの画面をスクロールしていく。

なに？　俺に会いたいの？

え、…あ、……。
意外な言葉だった。
指を止めて、しばらく画面に見入ってしまっていた。

“会いたい時に連絡してくれたらいい”
あの言葉は、そのまんまの意味で。
それ以外のどんな意味も、ユウタ先輩の中には存在しないってことなんだ。

返ってきたメールには。
“余計なことは送ってこないで”
そんな意味が込められているような気がして。
ボタンを指でプッシュする。
ピ、ピピッ、
“そういうつもりじゃなくて”
と、打ちかけて、文字を消した。
──ううん、違う。
“おやすみなさい”なんて挨拶《あいさつ》のようなメールを打ってみたけれど。結局のところ、私はユウタ先輩に会いたいだけなんだ。
そんな私の心を、ユウタ先輩は見抜いていて……。
ピピッ、

───────

会いたいです

───────

言い訳しても無駄なような気がして。
無意識に本音を打って送ってしまった。

───やっぱりダメだ。
あれから顔を洗って学校へ行く準備を始めても、朝食の時間を迎えても。
ユウタ先輩からの返信は、……ない。

そうだよね……。
昨日の今日で“会いたい”なんて言えば、ユウタ先輩じゃなくても引いてしまうに決まってる。
バカだ、私……。
失意で朝食も喉《のど》を通らず、肩を落としたまま私は駅のホームへ向かった。
ユウタ先輩に呆《あき》れられたのかも……。

ホームに立ってからも、まだケータイの画面を見てしまう私は、
本当にどうしようもない。

さっきのメールのことは
忘れて下さい

そう打って、送信ボタンを押しかけた時

「忘れて下さい、か、」

背後で声がして。

「誰にメールしてんの？」

へっ、えっ、ガタッ
思わず、ケータイを地面に落っことしてしまった。

「あ、…あっ、ケータイっ…、」
慌《あわ》てて落ちたケータイへ手を伸ばす。
けれど、私よりも一瞬早くケータイを拾ったのは。
「ちゃんと持ってないと、壊れるから」
「ユウタ、……先輩…⁉」
私の肩を掠《かす》めるようにして伸びた腕。

どうして……？
だって、10日間だったはずだ。
ユウタ先輩が、電車を利用するのは。

「なんでそんな顔してんの？」
「っ、だって……」
「会いたい、って俺にメールしたの、亜美だろ」
「あ、……、」
つまりユウタ先輩は
あの言葉を、守ってくれたって…こと…？

「電車、来たし」
拾ったケータイを私へ返した、ユウタ先輩。
「ボーっとしてたら、乗り遅れるから」
私の背中を押しながら、ユウタ先輩が電車へ乗り込む。
「えっ、あ……、」

しばらくして、ようやく正気というか。
ユウタ先輩とまた一緒に電車に乗っている自分に気づいた。

「ユウタ先輩は、私が会いたいって言ったから、来てくれたんですか…？」
私と向き合って立っているユウタ先輩を見上げる。
「さっきそう言ったはずだけど」
それがユウタ先輩の、答えだった。

「じゃ、明日も来て欲しいって言ったら、来てくれるんですか…？」

もちろん何かを期待していたわけじゃないけれど。
「亜美がそうしたいなら」
ユウタ先輩から返ってきた言葉は意外なものだった。
でもそれは、私に会いたいから、という感じじゃなくて。
「だったら、今度の日曜日もいいですか？」
「…午後からなら」
まるでそれが義務とでもいうような感じ。

ユウタ先輩のことが、よく分からなくて下を向いていると
「え、あ」
突然、指で、くぃっと顎《あご》を持ち上げられた。
ぐっと近づく、ユウタ先輩の顔。
――――――、
「だから、俺を呼んだ時は、覚悟して、って言ったろ？」

一瞬。
キス…される、のかと思った。

この時の私は。
『俺に近づいたら、泣くよ』
ユウタ先輩の、その言葉の意味を
まだ少しも理解していなくて―――…

――…
――――――――…
昨日。

キスをされるんじゃないかと固まっていた私に、ユウタ先輩は
『電車の中じゃ、無理か』
本当にその気があったのかも分からない。
私の顎から、スーっと指を離した。

それでも、次の日の朝。
「はっ……はっ」
ユウタ先輩が待っている駅へ向かっていた。
けど、改札口を通ったところで。

「亜美、久々だな！」
「智哉？」
智哉に呼び止められた。

「大会も終わったし、また亜美と一緒に通学するわ、俺」
「私と一緒に…？」
目の前で少し照れながら、無邪気に笑う智哉。

ユウタ先輩のことで頭がいっぱいいっぱいだった私は、智哉の
試合がいつ終わるかなんて、気にも留めていなかった。
「また亜美と朝学校へ行くの、楽しみにしてたし」
試合が終わったからか、智哉は妙にテンションが高くて。
「なぁ、マジで今度どこか行こうぜ、亜美」
私の腕をつかむと、ホームへ向かって歩いていく。

「智哉っ、待ってっ」
２人きりでどこかへ行くなんて無理。
無理だよ、智哉……、

ミサキから。
“それって、デートのお誘いじゃん”
なんて言われて、智哉の告白のことでからかわれたけど。
やっぱり智哉は大切な友達で。
同級生で。
だから。
ユウタ先輩を想う気持ちとは違う。
―――全然違う。

智哉にはユウタ先輩のことを当分話さないように、ミサキから言われている。
きっと大騒ぎになるからって。
だから今日、ユウタ先輩と一緒に電車に乗る約束をしたことも。
ユウタ先輩と電話番号やメアドを交換したことも。
智哉は知らなくて。
「早くしろって亜美。電車来るだろ」
ケータイで時間を確かめる智哉に、止める間もなくホームへと急かされる。

待ってよ……っ
智哉は嫌いじゃないけど
やめて……。
ホームにはユウタ先輩が……いる。

智哉が最初に電車通学を始めた日。
智哉と一緒にいる私に気づいてもユウタ先輩は、ほとんど目を向けることもなく、一人で行ってしまった。
あの時のことを思い出すと、今も生きた心地がしなくて。

ユウタ先輩に、また無視をされるのが怖い。
怖くてたまらない。

「てか、あいつ、もういないんだろ」
「えっ」
「やっぱおまえ、からかわれてただけなんだって。10日間の暇《ひま》潰《つぶ》しに」
ユウタ先輩を最初から疑っている智哉には、きっと何を言っても通じない。
「早くあいつのことなんか忘れろよ、亜美」
意気揚々として軽快な足どりの智哉。
けど、ホームへ足を踏み入れてすぐ。
———智哉の顔から笑みが消えた。

いつも電車を待っている場所。
そのすぐ近く。
ホームの柱に背中をもたれて立っているユウタ先輩の姿が、目に飛び込んだ。
「っ」
声を詰まらせながら、顔をしかめた智哉の足が自然に止まる。
———もちろん智哉の背後にいた私も。
約束していたのに、智哉と一緒にいるところをまたユウタ先輩に見られてしまうなんて。
しかも、智哉が私の腕を離す前に。
ユウタ先輩の視線が、真っ直ぐ私を貫く。

気づかれた———…

どうしようもなく最悪なこの場面に、私は青ざめながら、ギュッと目を瞑《つむ》った。

「なんであんたがまだ、ここにいるんだよ」
いないと思っていたユウタ先輩の姿を見つけて、テンションも声のトーンも完全に下がった智哉。
「あいつがここにいるの、10日間じゃなかったのか、亜美」
後ろにいた私に、智哉が訊《たず》ねてきたけれど、私は小さく首を横に振るだけ。

どうしたら……いい？
こんなところを見られたら、またこの前のように、ユウタ先輩に無視されてしまう。
俺には関係ないって。
今度こそ、絶対に。

「なぁ、あっちへ行こうぜ、亜美」
「智哉っ、」
無理やり別の場所へ移動しようとする智哉に、必死で抵抗しながら、私はユウタ先輩が立っていたホームの柱を振り返った。

誤解しないで欲しかったのに、
ユウタ先輩がいない――、

柱の影にいたユウタ先輩の姿が、忽然《こつぜん》と消えている。
やっぱりこの間と同じ。
無視されたんだ……。
姿が見えなくなったユウタ先輩に愕然《がくぜん》としていると、

「…えっ」
突如。
腰が宙に浮いたような感覚に襲われる。
「亜美、」
消えたと思ったユウタ先輩の姿が視界に飛び込んだ、
のと、同時。
振り向いた智哉に、ユウタ先輩の鋭く低い声が飛んだ。

「悪いけどその手、離してくれる？　俺の方が、先約」
「は？」
そう淡々と言い放つユウタ先輩に、智哉は一瞬、驚きの表情を浮かべた。
———けど。
ユウタ先輩が放つ独特の雰囲気に飲み込まれないように身構えた、智哉。
「先約？　意味分かんねぇし！」
私の手をもっと強く引いた。
それでもユウタ先輩は、私の腰へ手を回したまま、離さない。

「なんだよ、その手。もし、こいつのこと、からかってんだったら——…」
「亜美と、付き合ってる、」
「はぁ？」

ユウタ先輩のそのひとことを聞いて、耳を疑ったのは智哉だけじゃない。

ユウタ先輩……？

今、智哉になんて言った？
今日のユウタ先輩は、このあいだとは違って
智哉から目を逸《そ》らさない。
「俺たち、付き合ってるって、言ってんだけど」

衝撃、…というか。
一瞬、時間が止まったみたいになってた。

口を開いたまま静止していた智哉だったけど、ハッとしたように顔を上げた。
「はっ……、なんだよ、それ」
顔を引きつらせているうちに、私の腕をつかんでいる手の力が緩《ゆる》んだ、智哉。

――その、一瞬の隙《すき》。
人形のように固まっていた私は、智哉の手から奪われるようにして、ふわりとユウタ先輩の腕の中に収まった。

「ユ……タ…先輩？」

はっきりと“付き合う”とかって言われたわけじゃなかった。
番号とアドレスは交換したけど。
会ってもいい、とも言ってくれたけど。
それが、イコール“付き合う”という意味なのか分からなくて。
だから、ユウタ先輩が智哉に宣言した言葉が、今も信じられない。
半分放心状態でいると。
「……俺は認めねぇから」

智哉が、ユウタ先輩に迫るようにして詰め寄った。
「てか、あんた亜美のこと、本気じゃねぇだろっ、」
“本気じゃない”

やっぱり智哉の目にも、そんな風に映ったんだ…。
ユウタ先輩の腕に包まれているのに、それがなんだかショックだった。
智哉が迫っても顔色一つ変えないユウタ先輩。
「そう思うなら、もっと亜美のことに気づいてやれば？　俺よりずっと近くにいたんだろ」
「は？　……っ」
「亜美が悪いうわさを流されている理由とか、亜美の状況、もっと分かってやれないわけ？」
一瞬だけ、ユウタ先輩が、智哉へ視線を向けた。
ユウタ先輩は、あの子たちが智哉のことで私に迫っていたのを聞いていて。
だから……。
「あんたの言ってること、よく分かんねぇーからっ」
眉間にしわを寄せた智哉が、ユウタ先輩の腕をつかもうとしたけれど。
「っ、」
それよりも早く、ユウタ先輩の右手の拳《こぶし》が智哉の腹筋へ伸びた。
――――、
そして、寸前で止まったユウタ先輩の腕。
智哉が固まったまま顔を青くして息を吸った時。
電車がやってきた。

「行こう、亜美」

「ユウタ…先輩、」
智哉を置いて、ユウタ先輩が電車へ乗り込んでいく。

今の、なんだったんだろう……。
深く考える間もなく私もユウタ先輩と一緒にラッシュの車内へ立った。
———けど。
「………」
さっき智哉に見せていた気迫はどこかへ消えて。
ぼんやりと何かを考えているように立っているユウタ先輩。

「あの、ユウタ先輩……、」
「なに？」
「いえ、なんでも……」
今は智哉のことも、日曜の約束のことも言える雰囲気じゃない。
なのに、ユウタ先輩は私の手を握ったままだ。

ユウタ先輩は今、何を思ってるんだろう……？
考えてみても分かるはずもなくて。
とうとうユウタ先輩に日曜の約束を確かめることができずに、私は電車を降りた。

「ごめん、電話がかかってきた、」
「あ、はい」
駅を出た途端、ユウタ先輩のケータイが鳴ったため。挨拶もできないまま別れてしまった。

「はぁ…」

まだホームでの出来事の興奮が残った状態で、学校へ向かって歩いていると。
「亜美っ」
私を呼んだのは、さっきホームで別々に電車に乗った智哉だ。
「あいつは？」
「もう行ったよ」
ユウタ先輩と駅で別れたことを告《つ》げると、自分の髪をクシャクシャと智哉が掻《か》いた。
「あいつ、やべぇよ」
「へ？」
「なにが？」と、訊ねる私へ。
「多分、マジでヤベぇ」
ひとりごとのように繰り返す、智哉。
「普通じゃねぇ、つか、まともじゃ太刀打ちできねぇし」

いったい智哉がユウタ先輩の何を“ヤバイ”と言っているのかが、よく分からない。

「けど、絶対にしっぽ、つかんでやるから」
「智哉？」
しっぽ……なにそれ……？
なんだか智哉が怖い。
「いいか亜美、俺はあきらめねぇから」
「えっ、え？」
ユウタ先輩だけじゃなくて、智哉まで見えないっていうか。
智哉のことまで、よく分からなくなってくる。
「絶対に……」
最後までぶつぶつ言っていた智哉は。

それからしばらく、私には話しかけて来なかった。

＊＊＊＊＊＊＊

数日後の日曜日。
私は駅の前でユウタ先輩を待っていた。
結局メールも電話もする勇気がなくて。
曖昧《あいまい》な約束のまま、この日が来てしまっていた。
ミサキには。
「ユウタ先輩の本気を知るチャンスかもね」
って、言われたんだけど。
約束したのは、智哉とのトラブルがあった前だし。
待ち合わせの時間は。
もう……過ぎていた。

ユウタ先輩は、私と一緒にいる時もケータイで時間を確かめることが度々あった。
だから時間には正確というか…。
多分そういう性格なんだと思う。
少なくとも、ルーズではない、と。
つまり、今のこの状況は、ユウタ先輩がここへやって来るつもりがないという表れじゃないかと思うのに。
それでもこうして、ユウタ先輩を待っている私は、
どこまでユウタ先輩に、ハマっているんだろう……。

———ここへ来てから、1時間が過ぎた。

さすがに“もう諦《あきら》めろ、無理だ”という時間になっている。

恋したがり

そうか、そうだよ…。
ユウタ先輩は智哉に、私と“付き合ってる”って言ってくれたけど。
もしかしたら、ただのハッタリだったのかもしれない。
だってあの朝。
ユウタ先輩と待ち合わせをしていたのに、私は智哉と一緒に現れたんだ。
気分が悪くなっても、当たり前じゃないか。

帰らなきゃ……。
待っていたら、いろいろ想像してしまう。
これ以上、惨《みじ》めになる前に、立ち去った方がいい。
悲しくなる前に。
地面に視線を落としたまま私は駅に背に向けた。
約束だとか、私が勝手に思っていただけかもしれないし…。
ひとりでドキドキしていた私はバカだ。
振り切るように歩き出してすぐだった。
ちょっとメイクの派手な、私服の女の子２人組とすれ違う。

「やっぱ、あそこのケーキはいいよね」
「ねー」

駅の裏側には有名なカフェがあるから、多分、そこにいたんだろうな。
というような会話。
「それにしてもさぁ、あの人、めっちゃカッコ良かったよね？背高くて」
「あ、東出口の前に立ってた黒髪の人だよね、私も思った！」

黒髪……？

その言葉に自然と足が止まる。
「でもさぁ、1時間もあそこで何してたんだろ？」
「待ち合わせにしては、時間経《た》ち過ぎだよね、」
思わず駅を振り返った。

東出口。1時間……？
———まさか。
そういえばこの駅には、もう一つ出口があったんだ。
それに気づいた時には、駅へ向かって駆け出していた。

「はっ、…はっ、」
もしそうだったら、って。
確信なんてないけど、走らずにはいられない。
「っ、はっ、」
息切れがして苦しいのに、その苦しさよりも。
胸の方が痛いのは、どうしてなんだろう……、
さっきすれ違った女の子たちが言っていた、東出口が見えた。

もう、いないかもしれない。

でも、お願い。
お願いだから——…

「あ…、」
かすむ視界の中で、見覚えのあるシルエットが目に飛び込んだ。
「ユウタ先輩っ」
振り返ったシルエットは、やっぱりユウタ先輩だ。
「っ、……なんでっ」
あの女の子たちが言ったことが本当だとすれば、ユウタ先輩は、ここで１時間以上も待っていたことになる。
息をあげながらユウタ先輩の元へ駆け寄ると。
胸を押さえてゼーゼーと呼吸した。

「なんでそんなに息が荒いわけ？」
駅の壁に寄りかかって、いつものドライな表情で私を見下ろすユウタ先輩。
「あのっ、……わたしっ、……さっきまで反対側の出口で待っていて……、」
きっとユウタ先輩は“東出口で待ってる”って、私に言ってたんだ。
でも、あの時。
興奮して舞い上がっていた私は、ちゃんと聞いていなかったのかもしれない。
「ごめんなさいっ……、ユウタ先輩、」
ユウタ先輩は、もうここへ来ないんだと思ってた。
最後に会った時のユウタ先輩。
どこかうわの空だったから……。

「いいよ、俺、遅刻したし」
「えっ？」
「さっき来たとこ、」
手に持っていたケータイを、ポケットへしまって。
「ここへ来る途中でかかってきた電話が長くて」
と、特に表情を変えることなく言ってのけるユウタ先輩。
「………」
サヤカさんといる時の10分の一も、私には感情を見せないのに。
時々見え隠れするユウタ先輩の優しさに、胸がぐっと熱くなる。

ねぇ。
私はいったいどこまでユウタ先輩にハマればいい？
どれだけ好きになったら、私に関心を持ってもらえる？
振り向いてもらえるの……？

「で、どこへ行きたい？」
ユウタ先輩が。
「遊園地？」なんて真顔で言う。
「ち、違いますっ」
思いっきり否定してしまった。
そんな私を見て「ぷっ」と、軽く噴き出した、ユウタ先輩。
……嘘《うそ》っ
ユウタ先輩って、こういう顔もするんだ……。
意外な一面を見た気がしてドキドキしていると。
「遊園地とか、女の子はみんなそういうの好きなんだと思ってた」
ユウタ先輩のひとことに、また胸が鈍い音を立てて騒ぎ出す。

ユウタ先輩の、その言葉。
きっとサヤカさんが遊園地みたいな場所を好きなんだって、何も言わなくても伝わってくる。
やっぱり智哉の言うとおり。
ユウタ先輩は本気で私と付き合うつもりはないのかもしれない…。
だけど、それでも。
「今日は、私だけ見て下さい…っ」
鼻をすすりながら訴える。
するとユウタ先輩は、意外にも。
「………」
黒い瞳を大きく広げて私の顔を見つめたまま固まっていた。

「…ユウタ先輩…？」
名前を呼ぶと、どこか違う世界から戻ってきたような、ユウタ先輩。
「…なんでもない。行こうか」
私の手を握り、表通りに向かって歩き出す。

さっき、どうしてユウタ先輩。固まったんだろう……。
握られた手に身体の全神経が集中して、他に何も考えられなくなっていく。
ヤバイのは私の方だ。
通りを歩く誰よりもユウタ先輩は目立っているような気がする。
だって、すれ違う人たちみんな、一度は振り返るし。
やっぱりすごいなぁ、とか考えながら歩いていると、交差点で止まったユウタ先輩。

「…どっち？」
「えっ、あ、こっちです」
と、私はセンター街を指さした。
デートで、無難といえば無難なショッピング。
ミサキと一緒に服を買いに行くつもりだったけど、できればユウタ先輩の趣味に合ったものにしたくて。
「っ、どれがいいと思いますか？」
思いきって入ったショップで、ドキドキしながらユウタ先輩に尋ねてみる。
「……。どれでも」
「……」

もう、泣きたくなってきた。
きっと何をしても私はユウタ先輩の中で、サヤカさんと比べられるんだ、って。
「……これにします」
トーンの下がった声で答えてから、適当に選んでレジに持って行こうとした時だった。

「ちょっと待って」
小さく店内に響いたユウタ先輩の声が私の足を止めた。
「っ、はい」
呼び止められて振り返ると。
「悪い、それちょっと貸して」
私がレジへ持って行こうとした服へユウタ先輩が手を伸ばした。
服を受け取ったユウタ先輩は、私が選んだショートパンツを、別の棚にディスプレイされてあった、ふわふわスカートに交換したあとで。

「これで」
自分でレジへ持っていく。

「え、っ、ユウタ先輩⁉」
慌《あわ》てて追いかけたけれど、ユウタ先輩はそのままレジで会計をしようとする。
「あのっ、ユウタ先輩、それ、私がっ…、」
今日誘ったのは私だ。
ショッピングへユウタ先輩連れてきたのも私だし…！
「プレゼントされたら親に怒られんの？」
「え、…いえ、」
「なら俺の好きにさせて」

――…

「すみません…、」
結局、自分で買うはずが、ユウタ先輩にプレゼントされた形になっちゃって。
「すみません、じゃなくて、ありがとうくらいにしてくれる？」
「あ、…はい…、」
誘ったのは私なのに。
なんだかユウタ先輩のペースになっているのは、気のせい？
多分、それは気のせいじゃなくて。
「あの、どうしてその服に替えたんですか…？」
ショップを出たところで、ユウタ先輩に訊《たず》ねてみる。
ユウタ先輩はケータイをチェックしながら、通りを歩いていた。
「亜美にはその方が似合うと思ったから」

えっ、
似合う……？
それって、私のために選んでくれたってこと……？

ユウタ先輩は私にまったく関心がないと思ってた。
だからとにかく嬉《うれ》しくて。
「ユウタ先輩っ」
もう一度お礼を言おうと思ったのに。
それよりも先にユウタ先輩の声が、車の排気音に混じって耳に届いた。
「それから、」
「……？」
「その方が、脱がせやすいし」
「───、」

え、っ、え、…なに？…今の発言……⁉
「っ、脱がせ……」
動揺を通り越して、口をパクパクさせている私を見たユウタ先輩が、クスリと笑っている。
「冗談だって」
「じょ、…じょうだん…、」
まさかユウタ先輩が冗談を言うとか思わなくて。
ヤバい…。
ユウタ先輩の長い指が、スカートのファスナーを下ろすシーンをちょっとだけ想像してしまった。

「本気にした？」
歩きながら私を見下ろすユウタ先輩に、本気にしました……とは言えず。
「……、いえっ」
というか。
ユウタ先輩って、こういうことを言ったりする人なんだ……。

ユウタ先輩の知らない一面を知るのは。
希望のない恋の中で、唯一、前に進んだ気がする瞬間だ。
もっと知りたい。
もっとユウタ先輩のことを知りたいと思うのに。
どうしてだろう……何かが胸の奥に詰まって。
知るのが怖いと思う時がある。

「さっきのは冗談だけど、」
不意に戻った意識。
ユウタ先輩の言葉が続く。
「男は、大なり小なり、下心を持ってるもんだから」
「えっ？」
振り向いたユウタ先輩の視線が突き刺さる。
「気をつけた方がいいよ、」

…………。
一緒にいるのに真顔でそんなことを言われたら。
どうしていいのか分からなくなる。
温かい空気が流れたかと思うと、冷たい風が吹き抜けたり。
ユウタ先輩が今、私と一緒にいる理由。
それを考えている時だった。

「ユウタ？」

すれ違いざまに、誰かがユウタ先輩へ声をかけた。
顔を上げたユウタ先輩の表情が、みるみる曇っていく。

この人、誰……なんだろう。
ユウタ先輩を見て立ち止まったのは、前から歩いて来たカップルの男の子の方で。
「なぁ、ユウタだろ」
ユウタ先輩の顔を確かめるようにして覗《のぞ》き込んでいる。

なんだか……。
見た目は強面《こわもて》で不良っぽし、ユウタ先輩の雰囲気とは真逆な感じもする。
「やっぱユウタか、久しぶりだな」
ユウタ先輩だと納得したらしい彼。
一緒に歩いていた女の子に。
「こいつ、中学からの知り合い、」
親指でツンツンと指しながら、説明している。

（中学からの知り合い……？）
ってことは、もしかしてユウタ先輩の友達……とか？
でもだったら。
どうしてユウタ先輩は、難しい顔をしているんだろう。
あのクールなユウタ先輩が戸惑っているような、こんな険しい表情をするなんて、珍しい……。

「ユウタ、海外へ留学したんじゃなかったか？　帰って来たのかよ」
そういって、ユウタ先輩の肩へ手を置き親しそうに話をふる彼の袖から、ほんの少し見えたのは、深そうな傷の痕《あと》。
切り傷……？
「まぁ、中学の頃からユウタは有名だったからな。
そういえば、あの時も――」
彼がさらにユウタ先輩に絡《から》んだ時。

「――おまえこそ何やってたんだよ、」
それまで怖いくらい沈黙していたユウタ先輩が、いきなり強面の彼に声をかけた。

ユウタ先輩……⁉
なんとなく不自然なタイミングというか。
逆に話をふられた彼も。
「あ、あぁ、俺なら今、西校で……、」
ユウタ先輩の反応は、少し予想外だったらしい。
っていうか。
なんでだろう……。
変な…違和感。
何かが引っかかって、頭がキーンと痛くなる。

「それにしてもユウタは黒髪にしたら、かなり雰囲気変わるな。
前は――…」

えっ、黒髪に、した……？

「悪い、今急いでるんだ、今度また」

まただ。
ユウタ先輩が、彼の言葉を遮った。

「そうか、ならまたゆっくり話そうぜ」
自分がよく通うお店の名前を告《つ》げてからユウタ先輩の知り合いの彼が、女の子と一緒に去っていく。
その背中をしばらく見送るユウタ先輩の顔からは、いつもの穏やかさが消えていた。

……なんだろう、このモヤモヤ。
胸につかえた疑問を払拭《ふっしょく》したくて、ユウタ先輩を見上げた時。
「ユウタ先輩っ」
「亜美」
声が重なった。

“ユウタ先輩、前は黒髪じゃなかったんですか…？”

喉《のど》まで出かかった声を、ぐっと飲み込んだ。
「悪い、亜美」
ユウタ先輩は、立ち止まって話したことを謝《あやま》っているのかもしれない。
けど、私はそれよりも。
中学からの知り合いだというあの彼に会った時の、ユウタ先輩の表情の方が気になった、というか。
今も少し顔が青い、ユウタ先輩。
「さっきの男の子は、ユウタ先輩の同級生…なんですか…？」
あまり深いところへ足を突っ込んで、これ以上この場の空気を冷やしたくはない。

「…中学の時の、だけど」
遠ざかる同級生の背中を見つめていたユウタ先輩が、また前を向いて歩き出す。

ユウタ先輩……？
なに考えてんだろ、私。
ユウタ先輩の同級生に会ったからって、そんなに気にすることでもないのに。
もしもこれが女の子だったなら、思いっきりパンチを食らっていたところだったんだから。
それも考えられない展開じゃない。
ユウタ先輩。今だってこれだけ目立っているんだし……。

ああっやめよう、これ以上深く考えるのは。
知り過ぎるとユウタ先輩が離れていってしまうような、妙な胸騒ぎがしたから。
なんだか分からないけど。
警告のようなものが身体を走ったから、だ。

――――…

「ユウタ先輩、これ可愛いですよねー」
それから必要以上にテンションを上げていた私は、ユウタ先輩の目にどう映ったんだろう。
ユウタ先輩は“心ここに在らず”のような、どこか落ち着きのない感じだし。
それでも、なんとかデートを盛り上げたくて。
「少し休憩する？」
「あ、私っ、軽く作ってきたんです」

カバンと一緒に持って来た紙バッグをかざして見せた。
中身は朝、頑張って作った“サンドウィッチ”
「公園でも行きませんか」
これを持って休憩できるいい場所が思いつかなくて、公園へ誘ってみたけれど。

「……ここ…？」
それが、いけなかった。

偶然、同中の友達に会ってからユウタ先輩の様子が変わったのは、知っていた。
だから、微妙に揺れる空気を払拭したくて誘ったのに。
公園へ来て、ますます伏し目がちになったユウタ先輩へ。
「あのっ、これどうぞ、」
と、ベンチに並んで座ってから、紙バッグの中のサンドウィッチを差し出してみる。
「なに？」
私の声は一応、耳に届いたみたいだ。
ここにいることを思い出したように、ふっと顔を上げた、ユウタ先輩。
「っ、サンドウィッチです」

時々……。
本当に時々だけど、ユウタ先輩はキレイなのに背中が凍《こお》りそうなくらい、怖い目をする。
たとえば、私の噂《うわさ》を流していた白柳さんに校門で鉢合わせた時もだし。
智哉が駅のホームで、とっさに手を伸ばした時も、……だ。

私の手元を見たユウタ先輩は、少し驚いたような表情をしている。
「これ、亜美が作ったとか？」
「あ、はい」
そう訊ねたユウタ先輩の手が。
えっ
サンドウィッチ……じゃなく。
なぜか、私の手に伸びた。

「ゆ、…」
サンドウィッチを持っていた手に、そっと触れたユウタ先輩。
バックン…。
無条件で心臓が、音を鳴らして飛び跳ねる。
「もしかして、これは、その時のケガ？」
………え？
「この、バンソウコウ」
ユウタ先輩に問いかけられて、今朝キッチンで作った傷に気づいた。
「あ、…はい、それはっ」
動揺しながら下手《へた》な言い訳をしたところで、料理を作ることに慣れていないの、バレバレだ。

こういう時、サヤカさんはどうなんだろうとか。
また心の中で比べられているのかもしれない、とか、思うけど。
こんな風にバンソウコウ一つにしても気づいてくれるのは、ユウタ先輩だけだから。
「ユウタ先輩は、私の中では特別なんです…っ」

ユウタ先輩の指が触れている手が熱くて熱くてたまらない。
「………」
一瞬、世界から音が消えたんじゃないかと思うくらい静かになった。
かと思うと。
ユウタ先輩が想像もしなかったことを口にした。

「亜美は、この公園に来ても平気なわけ？」

えっ……。
まさかユウタ先輩に、そんなことを聞かれるなんて思いもしなくて。
私は無意識に空いていた左手で、首元を隠していた。

「あの傷、この公園で付けられたんだろ、不良たちに」
話題を変える暇《ひま》もなく、ユウタ先輩にはっきりと言われて、ゴクリと息を飲み込んだ。
「本当に平気なら、そんな顔する？」
しかも、ユウタ先輩が追い討ちをかけてくる。

———もう逃げられない。

「……平気じゃありませんっ」
追い詰められて、本音がポロリと漏れた。
平気なんかじゃない。
あの日のことを忘れたわけでもない。

「こんなところで過ごして、もしそいつらに会ったりとか、…

…そういうこと、考えなかった？」
どうしてユウタ先輩が、いきなりあの話を振ってくるのか。
この傷に同情されていなければ、こうはならないだろうなって、思ってしまう。
「っ、…あれからは、あの時の男の子たちを見ていないから…、」
あれからすぐ、金髪の彼にしたって、公園に姿を見せなくなった。
今どこで何をしているのかも知らないし。
知りたくもない。
首を左右に振って答えた私に。
「もしも、」
ユウタ先輩は、なおも問いかけてくる。

「偶然でも、そいつらの誰かに会ったら、どうする？」

会ったらどうする、って……。
ユウタ先輩に訊かれても、どう答えていいのか分からない。
真剣な声と表情なのに、私とは目を合わそうとしない、ユウタ先輩。
私に興味があるのか、ないのか。
それすらよく分からなくて。
「もし偶然でも会ったら、私は無視します」
思ったままをユウタ先輩へ告げた。

本当はここへだって、進んで来たかったわけじゃない。
けど、ユウタ先輩と一緒にいたくて。
２人きりになりたくて。

だから、嫌な思い出が残っているけど、この公園へ来たんだってこと。
ユウタ先輩には悟られないようにしたかった、…のに。

「…無視？」
ユウタ先輩が振り向いた。
「…はい。私ここでケンカをしていた人たちの中の一人を、よく見かけていたんです。その男の子は遠くからでも目立つ金髪で、」
うつむき加減で話していても、ユウタ先輩の刺さるような視線を感じる。
「何をしているわけでもないその彼のことが、ずっと気になっていたんです、私。だから、……余計に忘れたいんです、あの日のことは」

いつの間にか自分の中で気になる存在になっていたから。
だから……。
やだ、私。
ユウタ先輩に向かって、なに言ってんだろ……。

「忘れたい、か…、」

私に聞こえるか聞こえないかくらいの独り言をつぶやいた、ユウタ先輩。
「あのっ、辛《つら》いこと全部忘れさせてくれるのは、ユウタ先輩だけなんですっ」
私はとっさに顔を上げた。

なんだか今。
“もう会わない”
そう言われそうな予感がしたから。
今日が最後だって、言われそうな予感が……。
「だから、ユウタ先輩にいて欲しいんです、私っ
ユウタ先輩と一緒にいる時だけ、全部忘れられるんですっ」

―――必死だった。
ユウタ先輩を引き留めたくて。
離れたくなくて。

「それに、ユウタ先輩と会ってから、あの時の夢をほとんど見なくなったからっ…、」
「夢……？」
ユウタ先輩の黒い瞳が、鈍い光を放った色に変わる。
「ケンカに巻き込まれた時の夢です…っ、
前はそれでよく、うなされていたのに、今は見なくなって、……」
それもユウタ先輩がここに。
私の傍《そば》にいてくれるからだって。
本当の気持ちだったのに。

私は自分が知らない間に。
ユウタ先輩を追い込んでいることに、……気づかなかった。

“忘れたい”
私の必死の訴えに小さく息を吐き出しながら、気力が抜けたように肩を落とした、ユウタ先輩。

しばらく黙ったまま、公園の真ん中にある広場を見つめて、ひたすら何か考えているみたいだったけれど。
「……ユウタ先輩、何を考えているんですか……」

沈黙が……怖い。
私の恋は、いつだって“サヨナラ”と、隣り合わせなんだって実感せずにはいられなくなるから。
この恋に、余裕なんか少しもない。
ドクドクと心音を鳴らして怯《おび》えていると。
「亜美のこと」
ユウタ先輩が口にしたのは、意外な言葉だった。

私の……こと？

「矛盾ばっかだな」
そう小さくつぶやいて、ユウタ先輩が私の手に自分の手のひらを乗せた。
その言葉の意味も分からないまま、重なる２つの体温。

肌を重ねると、その人に近づいたような。
心に触れたような気持ちになるって聞いたことがあるのに、
手の温もりだけじゃ、ユウタ先輩の心の中までは見えてこなくて。
「俺に近づいたら泣くよ、って言ったのに」

苦しいのは、私とユウタ先輩
どっち……？

「本当に俺といたら、忘れられる？　楽になれる？」
ユウタ先輩の黒い瞳が、何度も“それでいいのか”って、私に問いかけているみたいだ。

でもね、
私の答えなんて最初から決まっているんだよ、ユウタ先輩。

涙が瞼《まぶた》に溜まった顔を上げて頷《うなず》くと。
「私、…っ、」
下からすくい上げるようにして。
──────、
ユウタ先輩の唇が
触れた。

「──っ、」
一瞬、触れるだけの甘いキスをして、顔を離したユウタ先輩。
キレイな瞳に見つめられているうちに、ユウタ先輩の右手が私の頬へ伸びた。
───ドクン
心臓が一度、大きく跳ねる。

そして、その手が耳を伝い私の後ろ頭へと回ると。
「んっ」
今度は、吸い込まれるようにユウタ先輩の唇が私の唇と重なった。
「ん、……っ」
ゆっくりと、だけど時には強く押し付けて。
キスが、どんどん深くなっていく。

「……はっ…」
キスが長くてどこで息を吸っていいのか分からない。
「ぅっ」
初めての経験に呼吸が苦しくなっていると。
絶妙なタイミングでユウタ先輩の左手の親指が、そっと私の下唇を押し広げた。
あ、……。
音を立てて私の中に入っていく、ユウタ先輩の舌。
「……っ」
熱いユウタ先輩の舌が絡《から》む度に、ここが公園だということも忘れそうになって。
「はぁ…っ」
甘い吐息が漏れてしまう。

苦い思い出があるこの公園で、痛みを晒《さら》した私と、
痛みを胸の中で抑《おさ》えて閉じ込めたユウタ先輩。

“俺に近づいたら、泣くよ”って、何回もユウタ先輩から言われたのに。
結局、私はユウタ先輩が好きで
大好きで――…

繰り返される甘いキスに身体が痺《しび》れて。
ユウタ先輩の服をぎゅっと強く握りしめた時。
ユウタ先輩のポケットの中で。
ケータイが震えた。

数秒はバイブレーションの音を無視するようにキスをしていた

ユウタ先輩だったけど。
「…はぁ…」
逆上《のぼ》せた私の顔を見つめながら。
「ぁ、」
すっと、静かに舌を抜き取った。
私の中に、甘い熱だけを残して———

それからユウタ先輩は
「ごめん」と言って、ポケットからケータイを取り出した。
「……」
ほんの少しだけど、開いたユウタ先輩の瞳を見逃さない。

“サヤカさんからだ”
直感だった。

たった今、ユウタ先輩に大人のキスをされたばかりなのに、
急激に胸が騒ぎ出す。
ユウタ先輩は、私からちょっとだけ離れた場所でケータイに出た。
「———俺だけど」

サヤカさんを見つめて、サヤカさんの声を聞いている時のユウタ先輩は。
私が知っている中で一番、穏やかで柔らかな表情になる。

そのことをユウタ先輩は
…知っていますか……？

「陸くんは？」
今日は日曜日。
日暮れ前の公園は妙に静かで、ユウタ先輩の声が私の耳にも微《かす》かに届いてくる。
陸くん……。
サヤカさんの彼氏の名前だ。
ということは、やっぱり電話の相手は、サヤカさんなのかも……。
「今から？」
ユウタ先輩の少しトーンの上がった声が聞こえてくる。

“今から……”
きっと、サヤカさんに呼ばれたんだ。
サヤカさんに呼ばれた……。
ユウタ先輩の好きな人に。

胸がギュっと痛くなる。
さっきユウタ先輩が大人のキスをしてくれた唇に、指で触れてみた。

まだこんなにも熱いのに。
ユウタ先輩の意識は、もう私にないような気がして。
ベンチに座ったまま一歩も動けない。

ユウタ先輩。
サヤカさんに、なんて返事をするんだろう……。

恋をするのが痛いとき

電話の相手がサヤカさんだと思うと、キスの余韻もどこかへ吹っ飛んでしまう。
ユウタ先輩の背中を見ているだけで胸が苦しくなって、目をギュっと閉じていると。

「ごめん今、忙しいんだ」
えっ…？
ひとこと謝《あやま》ってから、ユウタ先輩がケータイを切った。

信じられない。
信じられないけど。
もしかしてユウタ先輩、私との時間を優先してくれたの……？
目を開くと、ケータイをしまって私の元へ戻って来たユウタ先輩。
「あのっ、ユウタ先輩、私…、」
「このサンドウィッチを食べたら、亜美を送ってくから」
「え、あ、」
「この近くなんだろ、亜美の家」
そう言ってベンチに座ったユウタ先輩が、私が作ってきたサンドウィッチを「美味《うま》い、これ」と言って食べている。

さっきのキスも、サヤカさんからの電話も。
まるで無かったみたいにして。

…………。
サヤカさんじゃなく、私と一緒にいることを選んでくれたんだって。
ほんの少し抱いた期待も、一気に不安へと変わっていく。

私を家へ送ったあと、ユウタ先輩はどこへ行くんだろう……。
食べ終わるとユウタ先輩は、また公園の真ん中へ目を向けた。
私がケガをした、あの場所へ。

「もし、」
黙って一点を見つめていたユウタ先輩の口が小さくゆっくりと動く。
「あそこでケンカやってた不良たちが今、亜美よりも幸せだったら、腹が立つだろ？」
一度、振り向いて。
「亜美が言ってた、あの金髪の男とか」

…金髪……。
そのフレーズに、身体が勝手に反応してしまう。
「あぁいうヤツは、一生幸せにはなれないから、安心していいよ」
そう言って私に微笑《ほほえ》みかけた、ユウタ先輩。

ユウタ先輩……？

「そろそろ行こうか」
ユウタ先輩がベンチから立ち上がって歩き出す。
その姿をボーっと見つめていた私は。
ハッと気づいたように、ユウタ先輩の背中を追いかけた。

「ユウタ先輩、」
ユウタ先輩と一緒に歩いている。
なのに、なんでだろう……。
胸がチクチク痛い。
さっきの電話。
もしも、サヤカさんじゃなかったら。
もう少し私と一緒にいてくれたんじゃないかって。
そんなことを考えてしまう私は、病気のようにユウタ先輩のことしか見えなくなっている。

————…

公園から、うちまでは、そんなに時間がかからない。
だから、あっという間に家が目の前になる。
門の前で足を止めたユウタ先輩が、振り返ると。
「じゃ、亜美」
プレゼントしてくれた服が入った紙袋を、私へ手渡した。
公園であんなキスをしたとは思えない、ユウタ先輩の冷静な声。
「………」
けど、私はユウタ先輩のように、ためらいなく
“じゃあ”とは言えない。
———言いたくない。

このあとユウタ先輩が、その足でサヤカさんのところへ行くような気がして。
「ユウタ先輩っ」
無意識に、ユウタ先輩の腕をギュッと強く掴《つか》んでいた。

「私の部屋へ……来てくれませんかっ……」

きっと私は大胆なことを言っているんだ。
振り向いたユウタ先輩は、目を開いたまま、瞬《まばた》きもしない。

けど、ユウタ先輩を放したくなくて、必死だった。
ユウタ先輩は付き合ってる、って言ってくれたけど。
次の約束ができるかどうかも分からない、曖昧《あいまい》な関係の私とユウタ先輩。
手を繋《つな》いだだけじゃ分からない、その奥の気持ちを知りたい。
もっとユウタ先輩に近づきたい。

「このまま帰りたくないんです」
ユウタ先輩の腕を離さないように、強くしっかり握った。
今、手の力を緩《ゆる》めたら。
ユウタ先輩がどこかへ行ってしまいそうな気がするから……。

「今日は親も夜までいなくてっ、
だから私、帰っても独りぼっちなんです…っ」
もう少し、ユウタ先輩の傍《そば》にいたい。
「独りは寂しいから、」
ユウタ先輩の、すぐそばに……。
同情でもいいから、私と一緒にいて欲しくて。

サヤカさんのところへ行かないで欲しくて……。

ユウタ先輩は、小さく首を傾《かし》げて、私の顔をのぞき見ていたけれど。
ゆっくりと私の目線まで屈《かが》んだ。

「もしかして、俺のこと、誘ってんの？」

キレイなユウタ先輩の顔が、さらに間近に迫ってくる。
「────、」
思わず、うろたえそうになった。
けど、ユウタ先輩が言ったことは、間違っていない。

「誘って……ます」
そのとおりだから。
たとえ身体を張ってでも、私はユウタ先輩を止めたい。
ユウタ先輩が、このあとサヤカさんの元へ行くかもしれない、そう思ったら……。
「誘ってます」
もう一度はっきりとユウタ先輩に伝えた。

ユウタ先輩と一緒にいられるなら、私は何だってできる。
ねぇ、それでも。
ユウタ先輩は、去ってしまう？
このまま、帰るの……？

「いいよ。その誘いに乗る」

えっ……、
降参《こうさん》したように腰を起こした、ユウタ先輩。

嘘《うそ》、ホント…？
本当にユウタ先輩が私と一緒にいてくれるの……？

電話を切ったあと、すぐに私を送ったのは、サヤカさんのところへ行くためだって思ってた。
もし、たとえそうだとしても、ユウタ先輩とまだ一緒にいられるなら、私は何でもするよ。
玄関のドアを開けて、「どうぞ」と、ユウタ先輩を中へ案内した。

私の部屋へ……。

ユウタ先輩がうちへ来るのは、２回目になる。
けど、このあいだは、弟のタクマが入院した時だったから、今日とは全然意味が違う。

「あのっ、ここなんです、私の部屋」
好きな人が自分の部屋へやって来るなんて、もちろん初めての経験だ。
緊張しないわけがない。

――――っ、
部屋に入って初めて、ちゃんと掃除したっけ、とか。
この部屋、変じゃないかな？とか。
今さらながらにあちこち見回してしまう。

「あの、好きなところに座って下さい」
お母さんに言われてだけど、部屋の片付けをしておいて良かった、って。
すんなりとフローリングに座ったユウタ先輩を見て、ほっと胸を撫《な》で下ろした。

信じられない……。
自分の部屋にユウタ先輩がいるなんて、嘘みたい。
まだ夢見心地の状態でユウタ先輩のすぐそばに座ると。
緊張が一気に増した。

ヤバい…。
…身体がガチガチに硬直してる。

そんな私とは真逆に。
ユウタ先輩は緊張しているような雰囲気は少しもなくて。
やっぱりこういう展開に、慣れているのかも……。

妙に静まり返った部屋。
誘ったのはいいけれど。その後どうするかまでは考えていなかった。
手も足も口も出せず固まっていると。
ユウタ先輩が、ふと思い出したように振り向いた。

「亜美の弟は、あれから大丈夫なわけ？」
「えっ、あ…弟…、」
まさか、タクマのことを聞かれるなんて予想外…だ。
「はい、検査結果も異常なしで、無事に退院しました。

ユウタ先輩ありがとうございます、」
ペコリと頭を下げた。
「無事なら良かったけど」
なぜか、ほっとしたような表情を浮かべたユウタ先輩。
そういえば。
タクマはまだ帰っていないな…。
本当にユウタ先輩と２人きりなんだと思うと。
今しかない、って。
ユウタ先輩に近づけるのは。
ユウタ先輩のことを、もっと知るには。
今しか……ない。

「ユ、ウタ先輩っ、」
振り向いたのと同時。

「男を部屋に誘うって、どういうことか分かってる？」
「えっ」

ユウタ先輩が伸ばした手が、自分の手の甲に重なった。
「あんなこと言ったら、すぐに男に襲われるし」
私のことを心配してくれているのだとしても、どこか他人事のように諭《さと》すユウタ先輩。
やっぱり今のままじゃ、私はユウタ先輩の心の隅にさえいられないんだと、即座に実感してしまった。

「私はユウタ先輩がいいんですっ、ユウタ先輩じゃなきゃダメなんですっ」
――私だけを見て欲しい。

今だけでも、私を。
だから。

「ユウタ先輩……教えてください……ぜんぶっ…」
ユウタ先輩が……いい…。

「…っ、だって、私たち付き合ってますよね…？」
たとえそれが智哉やミサキのいうように、ユウタ先輩の気まぐれでも。
私への同情でも。
ユウタ先輩の心に少しでも触れられる。
そのためなら平気だ。
それ以上に、ユウタ先輩は今、私の傍にいる。
その実感が欲しいよ……。

半分涙目になりながら、ユウタ先輩を見上げると。
「なら、」
ゾクッと背中に緊張が走る。
「亜美は、シたことあるわけ？」
「え？」
「こういう、こと」
ユウタ先輩の空いた手が、私の服へ伸びた。

「っ、…シたこと…？」

返す言葉がしどろもどろになっている間に。
羽織っていたデニムジャケットへ指をかけると、そのままはぎ取った、ユウタ先輩。

「……っ」
さっきユウタ先輩が放った言葉だけでも十分、心は動揺していた。
なのに。

「俺が言ってる意味、分かんない？」

ユウタ先輩が、私に向かって小さく首を傾げてみせる。

「亜美が思ってるより、ずっとずっと恥ずかしいことするよ？」

“本当に分かってんの？”
まるで私の本気を探っているようなユウタ先輩の目に、身体がますます硬直してしまう。
「分かってるなら、いいけど」
と、息つく暇《ひま》もなく、ユウタ先輩の腕で持ち上げられた身体。
「きゃっ」
私はそのまま後ろにあったベッドへ下ろされた。

細くて華奢《きゃしゃ》だと思っていたユウタ先輩の腕は、意外にも力強くて。
「俺が教えなきゃ分かんないみたいだから。――男を誘うのが、どういうことか、」
仰向けになっている私へ声をかけながら、ユウタ先輩がベッドの上へ、トンと、飛び乗った。

「知らないんだろ？　男」

私の背中へ回ったユウタ先輩の手。
――――、
この部屋へユウタ先輩を誘ったのは、他の誰でもない、私自身だ。
こうなればいい、って、心のどこかで思っていたはずなのに。
「亜美、」
名前を呼ばれるだけで、顔から火が吹き出しそうになる。

「じっとしてて」
いつもの穏やかな口調とは少し違うユウタ先輩の声が、ますます心拍数を上げていく。
なのに、ユウタ先輩の仕草には余裕があって。
何も知らないのは自分だけなんだと、嫌でも分かってしまう。

「このくらいのことで真っ赤になってたら、このあと持たないけど？」
私の身体を挟《はさ》むようにして四つん這いになると
ユウタ先輩が、私の首元へ音を立ててキスをした。
“キスマーク”だと言われた、あの傷痕へ。
「…っ」
ユウタ先輩の唇が首へ触れるたびに。
ゾクゾクと背筋が震えて、小さな声が漏れた。
「ユっ……」
誰にも見られたくなかった“その場所へ”ユウタ先輩の唇が、本物のキスマークをつけていく。

「今度なにか言われたら、俺がつけたんだって言ってやればいいから」

そう言って貪《むさぼ》るようにキスを落としていくユウタ先輩は、まるで何かが取り憑《つ》いているみたい。
「……ん、…」
どんなに抵抗したってキスに集中させられる。
ユウタ先輩の熱い唇に酔いしれていると。
―――、
あの傷と同じ場所に、チクリとした痛みを感じた。

“俺が教えようか”

さっきのあの言葉。
ただ、私の心の中を見透かされていただけなんだって、分かってしまった。
ユウタ先輩にもっと近づけば、もしかしたら私を見てくれるかもしれないって。
そんな淡い、願望を。

それに気づいた時。
なんだか急に泣きたくなってしまった。

どんなに甘いキスをされても。
隙間がないくらいユウタ先輩が近くにいても。
ユウタ先輩の心だけは、手に入らない。
触れられない。

「亜美はもっと知った方がいい。……自分のことも、それから俺のことも、」
ユウタ先輩が囁《ささや》いた言葉を、溶けかけた頭で、ぼんやりと聞いていた。

私がユウタ先輩を知る…。
って、なにを……？

「…俺が、怖い？」
耳元でユウタ先輩の冷静な声がすると、
自分が自分じゃなくなったみたいな、正気を失いそうな感覚に襲われて、本当に怖くなってくる。
でも、
「……っ、怖いのは……ユウタ先輩じゃ、ありませんからっ……」
ユウタ先輩のシャツをギュっとつかんだ。
それなのに。
「これでも手加減してんの、分かんない？」
思いもしないユウタ先輩の言葉が返ってくる。

会いたいと思えば、そばにいてくれて、
触れたいと思えば、キスをくれる。
そして、教えて欲しいと願えば。
「っ、」
こうして、今も。

でも、そんな風に私の望みを無条件で受け入れてくれようとするのはどうして……？
「ゆっ、……先輩っ…、」
制服が乱れていく。
唇、キス、指……。それから、部屋に響く甘い音。

恥ずかしくて仕方ないのに。
「……っ」
身体が熱くなって。
頭がおかしくなっちゃいそう…だ。

ドキドキし過ぎて心臓が壊れそうになる。
「……う、」
五感のすべてが甘くシビれながら。
それでも最後までユウタ先輩自身だけはくれなくて———

「男なんてこんなものだってこと、ちゃんと覚えておいて」
そっと私から離れていくユウタ先輩。
ふと我に返ると、ユウタ先輩が見下ろしていた。

「言っとくけど、本気でヤったらこんなもんじゃないから」
「……っ！」

だから、男を誘うなんてこと、もうしない方がいいって。
ここへ来た時から少しも変わらない、冷静なユウタ先輩の目が
言っているような気がして。
「…ゆう、」
本気になっていたのは結局、自分だけだったことに気づいた。
呼吸ひとつ乱さなかったユウタ先輩と
ベッドの上から一歩も動けない私。

———こんなの違い過ぎだ。

「今日はここまでにしとく」
ベッドから降りたユウタ先輩が、部屋のドアに向かって歩いて行く。
「っ、ユウタ先輩……」

いったいなんだろう……。
この胸を刺すような、苦しいだけの痛みは。

「——先輩っ」
ドアノブに手を伸ばしたユウタ先輩を呼び止めると。
足を止めたユウタ先輩が、ゆっくりと振り返る。

「俺が必要ならまた呼んでいいから」
服を乱したままの私へそう告《つ》げてから。

ユウタ先輩は私に甘さと痛みの両方を残して。
———部屋を出て行った。

恋は時として

————…

「どうしたの亜美、最近ずっとそんな調子だよね？　もしかして寝不足？」
ユウタ先輩がうちへ来てから数日。
なんだかボーっとしてばかりいる私に、ミサキが首を傾《かし》げている。
「ユウタ先輩とは上手《うま》くいってるんだよね？
ならどうしてよ」って。
「分かんない」
と、私は机に肘《ひじ》を突いてミサキに答えた。
「はぁ？　なにそれ」
そんなの答えじゃないとばかりに、ミサキが突っかかってくる。

ミサキには悪いけど、正直なところ本当に自分でも分からない。
あれからユウタ先輩とは上手くいっているというか……。

昨日。
『え？　本当に付き合ってるんだ…⁉』
電話でユウタ先輩が部屋へ来たことを話した瞬間。
ミサキは、しばらく無言だったっけ……。

「あ、智哉、」
ふと、ミサキの視線が私の背後に向かった。
ランチタイムが終わった昼下がり。
ここ最近ずっと、まともに話をしていなかった智哉が、私の席へ歩み寄ってくる。
ユウタ先輩と付き合っているのがバレたというか。
あの日から、ちょっと怖くて避けていた智哉。
「亜美」と声をかけられて。

「やっと分かった」
「え？」
逸《そ》らしていた顔を上げた。

分かった……って？

なにが？と、視線を合わせれば、力を込めた智哉の声が返ってくる。
「あいつのこと」
———タン、
机の上に手を付いて、斜め下にある私の顔を智哉が見据える。

「あいつ…」
すぐにユウタ先輩のことだと直感した。
「そ、亜美の好きなあいつのこと、」

やっぱりユウタ先輩のことなんだ……。

「もぉ智哉ってば、なんなのよ！　意味深なこと言っちゃってさっ」
いつもは、ふざけたトークばかりしている智哉の見慣れない真顔に、素早く突っ込んだミサキ。
けど、私は気が気じゃない状態だ。
校舎の屋上で告白をされた時から何となく気まずい思いはあった。
駅のホームでユウタ先輩と鉢合わせしたあとの智哉は、どこか様子が変だったし。
今もなんだか……。

“絶対にしっぽ、つかんでやるから”

低い声でつぶやいた、あの時の智哉の言葉を、ふと思い出した。
だから余計に心臓がバクバクと激しく鼓動する。

「いったいどうしたわけよ、2人とも」
私と智哉のあいだに流れる微妙な空気を感じとったミサキが苦笑いをした時。

『智哉、早く行くぞ！』
出入り口に立っていたクラスメイトが、智哉を呼んだ。
その声で振り向いた智哉。
「分かった、今行く！」
軽く手を上げてから、一瞬、私へ視線を戻すと。
「明日持ってくるから、その時に」
最後まで笑うことなく、智哉は友達の元へ駆けて行った。

明日……？

持ってくる、って。
何を……？

「ほんと何なのあいつ、てかさぁ、最近の智哉、ちょっと変だよね」
智哉に告白されたことを知っているミサキが、ちらりと私の顔をのぞき見る。
けど私は“心ここに在らず”の状態だ。
智哉の姿がドアの向こうに消えるまで、完全に静止してしまってた。
「まぁさ、いつも大袈裟《おおげさ》な智哉だし、そんな気にすることないよ、亜美」
飲みかけのパックのジュースを飲みながら、ケラケラと笑うミサキ。
…………。
確かにミサキの言うとおり、中学の頃から智哉は必要以上に大袈裟だったり、おちゃらけたりすることもある。
あるけど。
なんでだろう…。
身体が警笛を鳴らしているような、
変な胸騒ぎがする……。

――――…

智哉の言葉が気になって結局、授業どころじゃなくて。
家に帰っても何となく落ち着かない私。
ベッドに転んでゴロゴロしてみたって、不安が消えるわけでもなく。
「どうしようか…」

ケータイを開くと、画面と睨《にら》めっこを開始した。

っていうか。
この頃、モヤモヤしてばかりだな、私…。
自分に突っ込みながら、ベッドの上にかけてあるピンク色のカバーが目に映った瞬間。
かぁーっと顔を赤らめる。
そういえば私、ユウタ先輩に……。

あのあと、ユウタ先輩にされたことを思い出して、恥ずかしさが倍増した。
―――どこかへ隠れてしまいたいくらい。

ユウタ先輩にキスされたり触られただけで、あんなになってしまうんだ。
あれ以上の行為なんか想像もつかなくて。
やっぱりユウタ先輩、慣れているのかも……。
当たり前だよ、とも思いながら、
サヤカさんにも…したことあるのかな、……とか。
変な想像までしてしまう。
あの時ユウタ先輩は、誰を想っていたんだろう……って。

…心の中には誰が……いた？

そんな不安に追い討ちをかけるような今日の智哉の言葉。
ケータイを持つ手が、だんだん緊張を増していく。

本当は、ユウタ先輩から電話……は無理だとしても。

メールが来たらなぁ……なんて。都合のいいことを思ったりして。
もしも付き合っているのが私じゃなくて、サヤカさんだったなら。
毎日メールでも電話でもしているんじゃないか、とか。
やっぱり堂々巡りの私の思考は、マイナスにしか働かない。

ダメだ、こんなんじゃ。
ユウタ先輩の番号を確かめてから、思いきってプッシュした。
耳に当てたケータイから鳴り響くコール音。

1回、2回、……。
粘って10回くらいコールを聞いたあと。

『―――亜美？』

え、あ……。
ユウタ先輩に繋《つな》がった電話。

「っ、はい……亜美です」
もうダメだと思っていたところだったから、一気に緊張が増す。

考えてもみれば。
メールにも返信がなかったユウタ先輩へ電話をするなんて無茶もいいところだった。
なのに。なんで私、電話したんだろう……。
自問してみても行き着く答えは、やっぱり智哉のひとことが気になって仕方なかったんだって。

自分でも自覚した。

『……なに？　どうかした？』
動悸《どうき》が収まらない私とは反対に、淡々としたユウタ先輩の声が
ケータイの向こうから返ってくると、
ドックン…。
鼓動がさらに大きくなっていく。

「あ、…いえ、明日とか、会えるかな、って……、」
おそるおそるユウタ先輩を誘ってみる。

『………』
一瞬の沈黙

そして。
『分かった、明日の放課後で』
沈黙を破ったのは、意外にもあっさりとしたユウタ先輩の声で。
「えっ、あ、…はい…！」
半分あきらめかけていた私は、すんなりＯＫの返事をもらった
ことに面食らってしまった。
「っ、ありがとう……ございます…、」
このあいだのことといい、智哉のことといい。
不安がさらに不安を呼んで眠れない状態だった。
だから、素直に嬉《うれ》しい。

『俺に用事？』
「え、いえ」
『もしかして、また俺に教えて欲しい？』

「……！」

冗談なのか本気なのか。
ユウタ先輩のひとことひとことに敏感に反応してしまう私は、
どうしたってユウタ先輩には敵《かな》わない。

『…冗談だって』
「じょ、」
なんだ、……からかわれていただけだったんだ、私…。
『本気にした？』
「…いえっ」
ノーの返事は、せめてもの強がりだ。
だって。
どんなに不安になったって。
やっぱり私は、ユウタ先輩が好き……。
好きになり過ぎた。

————…
だから、次の日も。
ユウタ先輩に会えることで頭がいっぱいになっていて。

「亜美」
智哉が目の前に立つまで。
昨日の出来事すら、忘れかけていた。

それは、ユウタ先輩と会う時間までミサキと教室で時間を潰《つぶ》していた時だった。

「なんだ、智哉かぁ」
不意に智哉に呼ばれて。
バックン、バックン……。
大きく心音が鳴っていた私の代わりに答えたのは、ミサキだった。
いつもだったら「よぉ」とか言って、パシパシ背中を叩《たた》きながらふざけたりする智哉なのに。
「昨日からさぁ、かなりおかしいよ、智哉」
ミサキが心配するくらい、智哉も落ち着かない感じで。
隣の机に浅く腰かけた。

「なぁ、亜美」
斜め上から、智哉が私を見下ろす。
「亜美は不良とかそういうヤツは嫌いだったよな？」
「え？」

———いきなりだった。

「今までそういう危ないヤツの告白とか断ってたじゃん。隣の高校の男とか、」
スポーツバッグを手にしている智哉が。
「だろ？」と、念を押して私へ問いかける。
「………」
確かに智哉の言うとおり。この傷のせいもあって、私はそういう人たちが苦手だし。
告白されたのを断ったことだってある。
でも、それがどうしたんだろう……。

「まぁ智哉は亜美に嫌われないようにその髪だって、真っ黒にしたもんね」
智哉の黒髪を差しながら。
「ははっ、案外似合ってるじゃん」
とミサキが笑った時。
「これ、」
智哉が持っていたスポーツバッグから何かを取り出して、目の前の机の上にポイっと投げた。

何……？

「はぁ？　何なの、これ」
ミサキが目を凝らしてそれを見ている。
机の上にバラバラと置かれたのは。
……写真だった。

一番上にあるのは、制服を着た男の子たちが写っている写真。
「あれ？」
ミサキが何か気づいたように、写真を見ている。
「この制服って、一昨年《おととし》までの東高の制服じゃん」
え、うちの…？
あ、……ほんとだ。
私が東高へ入学する直前まで着ていた制服だ。

「それ、今３年のアニキたちが１年だった時のクラス写真」
智哉が机の上にある写真へ手を伸ばす。
「ユウタって名前、言っただけですぐに分かっちまうとか、すげーよな、あいつ」

……えっ、

「留学前の数ヶ月しか東高にいなかったのに有名じゃん」と言って。
智哉が写真の中の一枚を手に取った。

っ、ユウタ…？
その名前に一番反応したのは、……私だ。

「あ、バスケ部の写真じゃない？　これ」
ミサキが「うちのユニフォームじゃん」と写真を指さした。
「わっ、超イケメン発見！」とか言いながら。
「イケメン…？」
写真の向きを変えて見た瞬間。
「―――、」
私は一瞬、瞬《まばた》きを忘れてしまっていた。

……嘘《うそ》っ
これ、ユウタ先輩…⁉

バスケ部らしい写真には、背の高い美少年が映っている。
「っ…やっぱりユウタ先輩だ…」
写真でさえ変わらずキレイに収まっているユウタ先輩。
「え、嘘っ、この超イケメンがユウタ先輩⁉」
ミサキが写真を手にとって顔に近づけている。
「………」
ユウタ先輩は東高へ入学したんだ。

写真があってもおかしくはない。
でも。
だけど。
なんで智哉がユウタ先輩の写真を私に…？

「目的の写真はこっち」

見上げると、智哉がもう一枚、写真を机の上にポイっと投げた。
「普通のヤロージゃねぇって。駅のホームで拳を俺へ向けた、あの動きで分かったし、」
智哉が写真を射るように見つめている。

ユウタ先輩が、普通じゃ…ない…？

「あいつ、相当ケンカ慣れしてる」
智哉が。
「これ、見てみろよ」と、写真を私に差し出した。

ケンカ……？
って、どういうこと…？
智哉の声を聞いていると。
なんだかその写真を手に取ったらいけないような。
見たら何かが変わってしまうような……嫌な予感がした。
「よく見ねぇと分かんねぇから。雰囲気とか別人みてぇに違うし」

———ドクン

いっそう高鳴る心音。

「ほら、亜美」
智哉に押し切られるようにして、写真を受け取った。
「これ、桜ヶ丘《さくらがおか》中学の写真な」
中学……。
「そこに写ってる、金髪のヤツ」
と、智哉が写真の隅っこに写っている男子を指さした。

……金髪……きん……、

手からヒラリと、写真が舞い落ちた。

う…そ……？

人形みたいに固まったまま１ミリも動けない私を、無言の智哉がジッと見つめている。

「ん？　この写真がどうしたの？」
床へ落ちた写真を拾ったのは、ミサキ。
「金髪って、誰この男子⁉　危なそうだけど超カッコイイ～」
写真の中で誰よりも目立っている金髪の彼に視線が集中するのは、当然かもしれない。
―――けど。
「ん？　…あれ？　…でもこの金髪の男子って。
バスケ部の写真の中のユウタ先輩と似てない？　……っていうか。えっ、え」
ミサキにも話したことがある。

あの傷と“金髪の彼のこと”
…………。
ミサキの頭の中でも少しずつパズルが繋がってきたみたいだった。
「っ、まさか、」
真っ直ぐ私へ向かって飛んでくる視線。

「ほんとにこの金髪が、さっきのユウタ先輩……⁉」
中学からずっと親友のミサキは、私の顔を見れば状況が一目瞭然というように、慌《あわ》てて智哉の腕を掴《つか》んで引いている。
「ちょっ、智哉っ」
「は？」
「あんたはもっと空気読みなさいよっ。てか、亜美があの子たちに噂《うわさ》を流されたのだって。あぁもう！　いいからこっちに来てっ」
ぐぃぐぃと引っ張って、智哉を教室の外へ連れて行った。

残ったのは、私とユウタ先輩の写真……だけ。

ユウタ先輩の……。

顔は同じなのに雰囲気が違うと、こんなに別人に見えるなんて……知らなかった。

ユウタ先輩が金髪……金色の……。

記憶の奥でチラつく、あの金髪の彼の姿。
もう一度、目を背けず写真を見つめてみた。

……写真のユウタ先輩と、やっぱりよく似ている。
よく似て……。
まさか、

「っッ……」
写真を手にすると、私は教室を飛び出した。

「はっ……はっ」
頭の中が渦を巻いて濁っていく。
けど足は真っ直ぐ、図書室へ向かっていた。
―――ガラリ
出入り口のドアを開けた。
試験前の今日は、意外に生徒が多かった。
その中を私は“学校資料”のコーナーへ向かって一直線に突き進んでいく。
たとえ留学するまでの数ヶ月でも東高にいたなら生徒の資料が残っているはずだ。
本棚に並べられている中から「生徒名簿帳」を取り出す。
それを図書室のテーブルの上へ広げ、パラパラとページを捲《めく》った。
入学生徒……名前……。
人差し指をページに押し当てながら、順にたどっていく。

数秒後。
その名前の上で指が止まった。

“前島 祐太”

恋の答えは、たったひとつ

——…

——————…

天気予報は、夕方から雨だった。
だから折りたたみの傘をカバンに入れて持って来たはずなのに。
そんなことも忘れてしまうくらい私の頭の中は空っぽで。
斜めに激しく打ちつける雨に。
もう制服はびっしょり濡れていた。

ユウタ先輩との約束……。
私が初めてかけた電話にユウタ先輩は出てくれた。
“駅で待ち合わせ”
それが嬉《うれ》しくて、ドキドキして。
智哉の言葉も忘れるくらい踊っていた私の心。
一人で浮かれてはしゃいで。
ほんと、バカだ……。

あの時、公園にいた金髪の彼が、ユウタ先輩だったら……って。
もうそれは確信に近かった。

——ユウくん、今とは全然違うから——

思い返せば。サヤカさんが言ったあの言葉は、そういう意味だったんだと思うのに。
ユウタ先輩は……。

さっき図書室で見た入学者名簿。
もしかしたら……なんて信じたくなかったけど。
ユウタ先輩の住所は、あの公園のすぐ近くだった。

───────

雨で濡れた制服の上から、キスマークに似た“首の傷”をそっと指で触ってみる。

もしもあの時の乱闘の中に、金髪の彼。
ユウタ先輩がいたとしたら……。
今までふと感じていた疑問も、違和感もすべて。
繋《つな》がって出てくる答えは一つしかない。

「……うっ」
苦し…、
心が千切《ちぎ》れそうなくらい、痛い。
痛くて
痛くて
ユウタ…せんぱっ……、
胸が痛すぎて、次第に思考が麻痺してくる。

……違う。

金髪の彼は、ユウタ先輩じゃ……、

だって、こんなこと……考えたくない。
痛い、痛いよ……身体中が痛い……。

次々と浮かんでくる嫌な想像を打ち消すように、雨の降りしきる空を見上げていると。
瞼《まぶた》に当たっていた雨がピタリと降り止んで。
突然、視界が真っ黒になった。

「なんで、濡れてんの？」

―――約束の時間だったらしい。

「ユウタ先輩……、」
見上げると、ユウタ先輩が黒い傘をさして立っている。
声を聞いた瞬間。
約束どおりここへ来てくれたことに、ほっとして。
でも、すぐに胸が苦しくなって。
「ユウ……、っ」
振り向いたのと同時に力が抜けた。

「――危ない、亜美、」
ユウタ先輩の腕が素早く支えていなければ、危うく地面に吸い込まれてしまうところだった。
それなのに。

「——っ、」
無意識にユウタ先輩の腕を振り払ってしまっていた私。

「亜美？」
一瞬、目を見開いて。
私へ伸ばしていた手も、傘を持つ手も。完全にピタリと止まったユウタ先輩。
「傘、忘れた？」
それでも、何事もなかったように私の顔をのぞき込む。
ユウタ先輩に見つめられて、ハッと我に返った。
「あ、……いえ、」
小さく首を横に振る。
いったいさっきから何やってんだろ、私っ……。

「亜美の制服、かなり濡れてるし、とにかく行こう」
私を傘の下に入れるようにして歩き出す、ユウタ先輩。

「とりあえず……」
しばらくして、ユウタ先輩の足が止まった。

そこは、ビルが立ち並ぶ界隈だけれど。
「えっ、……あ」
……勝手にドクドクと、音を立てて鳴り出す、私の心臓。
たどり着いた場所は。

———ホテル…？

「どっちにしても、こんな状態じゃ、すぐに家には帰れないだろ？　透けてるし」
透け……、
１日中ぼーっとしていた私は、ブレザーを着て帰ることすら忘れていたみたいだった。
――――、
濡れた白いシャツからは下着がしっかり透けている。
ユウタ先輩の言うとおりだ。
これじゃ電車に乗ることもできない。
それでなくても、痴漢に襲われた時、一人じゃ何もできなかったのに。

「とにかくその服をどうにかしないと」

数分後。
私はホテル――――ユウタ先輩と一緒の部屋にいた。

「ここってやっぱり……、」
しばらくすると少しずつ頭が冴えてきて。
急にまたバクバクと鳴り出した心臓。
どんな状況だとしても。
こうしてユウタ先輩と２人きりになるなんて、数時間前の私ならドキドキして浮かれていたに違いない。
だけど今は――――…

カバンの中には、智哉が机の上にバラ巻いたユウタ先輩の写真が入っている。

「すぐにシャワーを浴びてきた方がいいかも。風邪引くし」
「っ」
思わずカバンを両腕でギュっと抱えてしまった。

私が金髪の彼の写真を持っていることを知らないユウタ先輩は、
出会った頃とはまるで違う。
自分が彼女だと錯覚するくらい優しくて。

「その制服がある程度乾くまで、俺はここで待ってるから」
ベッドに座ったユウタ先輩。
カバンからメガネを取り出して、自然にそれをかけた。

黒髪にメガネ……。
ますます写真の雰囲気とは違う、ユウタ先輩。
だから、ついまた思ってしまう。
あの金髪の彼は。
ユウタ先輩じゃない、って。

――――…

シャワーを浴びてバスルームから出ると、ユウタ先輩はメガネ
をかけたままベッドの上でケータイを見ていた。

確かバスケ部で。
それから留学……。
とてもあんな大きな乱闘をした人には、……全然思えない。

「シャワー終わった？」

ユウタ先輩が、ふと顔を上げた。
「…はい」
シャワーを浴びている間もずっと。こうしてユウタ先輩が傍《そば》にいて私に優しくしてくれる理由を考えてた。
けど、出てくる答えは、何度考えても同じで。
「時間、大丈夫？」
私に語りかけるユウタ先輩に、コクリと頷《うなず》いた。

「これ飲めば？」
ユウタ先輩が私にジュースを差し出した。
「…ありがとうございます」
どこまでも優しくて。
私のことを気遣《きづか》ってくれて。

だけどそれは、この傷があるからだってこと、
———同情されただけなら、まだマシだった。

でもそうじゃない。
そうじゃなかったんだ。

私はタオル生地のガウンを着たまま、ユウタ先輩の隣へ座った。
「…ユウタ先輩、」
もう何がなんだかワケが分かんなくなって。
ユウタ先輩の服の袖をつかむと、ギュッと強く握りしめた。
「どうかした？」
「…いえ」
「なんにもないように見えないけど」
「そ、そうですか？」

引きつる笑顔を見せるくらいなら、うつむいている方がマシだと思ったんだ。

だって答えられるはずがない。
ユウタ先輩が私と付き合ってくれている理由は、たった一つしかない。
たった一つしかないから……。

だから私は、どうしても知りたかったの。
———ユウタ先輩の本音を。

「……ユウタ先輩、お願いがあるんです、」
「お願い？」
振り向いたユウタ先輩に向かって、ありったけの力で声を絞り出す。

「…ここで、このあいだの続きを、……してください…、」

「……続き？」
首を小さく傾けるユウタ先輩。

「…ユウタ先輩、私に教えてくれるって言いましたよね……？」
わざと挑発的な言葉を投げかけた。
いつものユウタ先輩のように。

本当は、ちゃんと分かってるんだ。
ユウタ先輩がホテルへ来たのは、私の身体が雨で濡れていたからで。
本気で心配してくれたんだってことも知っている。
風邪を引かないように、って。
だけど、ユウタ先輩は私の願いなら、サヤカさんへの想いを封じてまでも叶《かな》えてくれる。
絶対に、無理だって言わない。
その理由が分かったから。

つらいけど
―――悲しいけど。

「………」
黙ったままユウタ先輩が
コトン、
ケータイをベッドの上に置いた。

最初は、この傷への同情だって思ってた。
ユウタ先輩が付き合ってくれるのも、私の望みを叶えてくれるのも、すべては同情からだって。
ユウタ先輩の心の中には、ずっとサヤカさんがいるから…。

でも、そうじゃなかったんだ。
私の傍にいてくれるのは、同情からなんかじゃなかった。
それ以上に、もっと辛《つら》い、理由……。

「亜美？」

ユウタ先輩に名前を呼ばれるだけで、ズキンと胸が痛い。

私はいったい何に傷ついて。
何に怯《おび》えているんだろう……？
ユウタ先輩が、金髪の彼だってこと？
それとも
あの不良たちの乱闘の中にいたっていう事実……？

―――違う、
本当の答えはユウタ先輩の心の中にあって。
私は、それを知ってしまった。
感じてしまったんだ。

「――俺としたいの？」

私から誘ったくせに。
心臓がドクンと跳ね上がる。
ドク、ドク……。

「それ、本気？」
「……はい」
ガウンの上から手を胸に押し当てた。
けど、激しく高鳴る鼓動は、どうやったって止まらない。

―――だって。
ユウタ先輩、私は知っているの。
ユウタ先輩が金髪の彼だという事実を知らなかったことにしてしまえば。
私はこれからもずっとユウタ先輩と一緒にいられることを。

「……本気です」

私さえ、知らないフリをしていれば。
ユウタ先輩は、私の傍にいてくれる。

「知らないよ、どうなっても」
「………」

多分……ユウタ先輩は、待っているんだ。
私が怖気《おじけ》づいて、あきらめるのを待っている。
それなのに私は、ユウタ先輩が望む答えを言ってあげられなくて。
もう一度ゆっくり頷いた。
そして、ひたすら黙っていると

「……分かった、」

ふっと、降参《こうさん》したように。
ユウタ先輩がメガネを外すと、ケータイと一緒にベッドの隅に置いた。

「やめるなら、今のうちだから、」

そっと私の腰へ手を回して自分の方へ引き寄せる。
それから後頭部へもう一方の手を添えて。
ゆっくり私をベッドへ押し倒す、ユウタ先輩。

「っ、先ぱ――、」

少しも抵抗できなくて。
視界がユウタ先輩で埋まっていく。

「ほんとに分かってんの？　どうなるか」

仰向けになった私に乗りかかったユウタ先輩。
私をじっと見つめている。
カバンの中の写真と同じ顔で……。

「ゆ、」
ユウタ先輩の唇が首筋に沈んでいく。
あの傷の上へ。
「…、っ」
そこだけは優しく念入りにキスをしながら、着ていたシャツを脱いだユウタ先輩。
ぽいっとベッドの端へ投げた。
「───、」
初めて見るユウタ先輩の身体。
心臓がバクンと大きく跳ねる。
華奢な見た目とは逆だ。たくましくて、色っぽくて。
急に子供っぽい自分が恥ずかしくなってくる。

「このあいだ言っただろ？　恥ずかしいことだって」

無意味にシーツを引っ張ってみたけれど。ユウタ先輩の手が、素早く私の腕を払い除けた。

「覚悟するって、こういうことなんだけど」

今日のユウタ先輩は、この前とは比べ物にならないほど荒くて、容赦《ようしゃ》なくて。
「っ、」
真っ白になっていく頭の隅で、私は一生懸命、考えていた。

このままユウタ先輩と関係を持てば。
付き合っていけば。
いつか私を、……私だけを見てくれる日が来るかもしれない、…って。
あの写真も、ユウタ先輩の過去も、見なかったことにすれば
いつか私を……いつか……。

――――、
けど。
ねぇ、私は本当に、それでいいの？

“不良は嫌いです”
たとえ偶然だとしても、金髪の彼に会いたくないって言ったのは。
ここまでユウタ先輩を追い詰めたのは、
――――誰？

ユウタ先輩の本心が知りたくて、こうなることを覚悟したはずなのに。

「…うっ」
もうダメ……ダメだ。

「っ……本当はユウタ先輩っ……私が音を上げるように、……ワザとこんな風にしてるんですよね……うっぅ……」

私が逃げ出したくなるように。
ずっとずっと我慢していた涙があふれてしまう。
「亜美？」
一瞬、目を見開いたユウタ先輩。
けれど。次第に、その目が冷静さを取り戻していく。

「…そっか。亜美がなんで今日、こんなことをしたい、って言い出したのか、やっと分かった」
ユウタ先輩が、鋭い視線を私に向ける。

「知ったんだろ？　俺のこと」

最後は、この時を待っていたかのように、ユウタ先輩が腕の力をふっと抜いた。

「俺が、あの時、公園にいた金髪のヤツだって、」

恋はいつか終わりを告げる

「っ、…」
さっきまで甘い声が漏れていた部屋も、熱い上気で焦げついていた身体も。
ユウタ先輩のひとことで、一気に冷えていく。

“俺に近づいたら、泣くよ？”

ぼやけて聞いていたユウタ先輩のあの言葉が今、現実になってしまったんだ……。
目の前がクラクラと揺れる。

“俺のこと、知ったんだろ”

ユウタ先輩の目が私にそう何度も問いただしている気がして。
「…ぅ、」
ボロボロと後を絶たず零《こぼ》れ落ちる涙。
本当の意味で私は根をあげてしまった。

「……見たんです、私。……金髪だった頃のユウタ先輩の写真を、」
自分さえ黙っていれば、……そんなことを一時でも考えた私はバカだ。
今、この時でさえ感情を上手《うま》く隠せないのに。

一瞬の沈黙のあと。
「そっか…」
静かに肩を落としたユウタ先輩。
シャツを脱いだままの身体を起こしてベッドへ座った。
あ、……。
よく見ると、ユウタ先輩の背中には小さな古い傷がいくつかあった。

「…そう俺だよ、亜美のその傷の原因になった乱闘やったの、」

———バクン、
一瞬だけ、私の首へ視線を向けたユウタ先輩に、心臓が止まりそうになる。

ユウタ先輩の口から真実を聞いたら。
もう終わりだよ、私……。

カタン、と小さな音をさせて。
立ち上がったユウタ先輩が、ベッドに投げ捨てたシャツを手に取り、それを着た。
それから私の制服を手に取ると、ベッドへ戻って来たユウタ先輩。
「乾いたみたいだから、着て」
私へ手渡した。

「………」
けど、私はどう答えていいのか分からなくて。
「……すみません」とだけ言って、制服を受け取る。

自分が金髪の彼だって認めてからも、ユウタ先輩は変わらない。
優しいままで。
だから、さっきの言葉は『冗談だから』って笑い飛ばしてくれるかも、とか。
ありもしない期待に。
私は泣きながら笑ってた。

制服を着ると、現実がはっきりと輪郭を帯びてくる。
さっき自分の中で出した答えが、はっきりと。

ユウタ先輩が私と付き合ってくれた本当の理由は。
私のこの傷の原因が、ユウタ先輩にあったから。

ねぇ、そうなんでしょ……？
ユウタ先輩。

この傷のことでユウタ先輩に責任を感じさせていたんだ…。
それは、ただ同情されるよりも遥かにズシリと重くて。

「…っ、わたし……なにも知らずに、ユウタ先輩へ全部話してましたっ……」

傷のせいで学校の女子に噂《うわさ》を流されたとか。
悪い夢にうなされるんだとか。

ユウタ先輩の前でボロボロ涙を流して泣いたんだ。
先輩が責任を感じない、わけがない。

「っ、わたし、ユウタ先輩に……酷《ひど》いこと、……言ってしまって、……」
だから、そのあとユウタ先輩は、わざわざ東高までやって来たんだ。
「それは亜美のせいじゃないだろ、それも、ぜんぶ俺のせいだし」
「…っ」
私が何か言うたびに、ユウタ先輩を責めてしまうんだってこと。
嫌だ、そんなの……。

「俺は、」
うつむき加減で、ぽつりと話しはじめたユウタ先輩。
「………」
「中学の頃、外交官で滅多に家にいないオヤジと上手くいってなくて、それで両親は離婚するし、バカなくらい荒れてて」
「………」
「ケンカを吹っかけられたら、たまにやり合ってた、」
「………」
「亜美の言うとおり、ほんと、ただの不良だったよ、」
今は黒く染めたユウタ先輩の前髪はまだ少し濡れている。

「だから逆に一人になりたくて、あの公園にも、よく行ってたんだ」
ギシ、と軋《きし》むベッド。

だから「悪いのは亜美じゃない」
“俺なんだ”って、ユウタ先輩。

「う、……」
ようやく知りたくて仕方なかったユウタ先輩の心の中が見えたのに。
知れば知るほど、私の存在がユウタ先輩を苦しめているんだって気づかされる。

———痛いよ、
心が壊れるほど痛くて。
痛む心の代わりに、口が勝手に滑り出していた。

「…ユウタ先輩が付き合ってくれたのは、私がユウタ先輩と一緒にいると嫌なことを全部忘れられる、って言ったから……なんですよね、……」
だから、あの時ユウタ先輩は。
『矛盾してる』って。
今思えば。
本人に向かってそんなことを言うなんて。
ユウタ先輩に“責任を取れ”と、言っているようなものだ。

苦しい。
苦しい……誰か助けて、お願い。

「傍《そば》にいたら亜美が泣くことになるだけだって分かってたのに、一緒にいたのは俺だから」
なにを言っても、自分を責めることしか言わない、ユウタ先輩。

「バカなのは、俺、」
そうつぶやきながらうつむくユウタ先輩の横顔は、こんな時でも、キレイで。
だから余計に、……辛《つら》くなる。

ユウタ先輩、私は。
金髪の彼に会いたくないって、本気で思っていたんだ。
でも、それは。
あの頃、どこか寂しそうにベンチで時間を過ごしていた彼が、忘れられなかったからで。
本当は、嫌いになりたくなかったからなんだって。
それが分かった時には、…もう遅かった。

だから。
私が自分で終わりのスイッチを押さなきゃいけない。
私のために本音を隠しているユウタ先輩の代わりに。
「…ぅ」
ギュっと両手を握りしめた。

「……ユウタ先輩の心の中は、ずっとサヤカさんだけ、だったんですよね…」

最初から。
私は……いなかった。

「…亜美？」
シャツのボタンを止めていたユウタ先輩の手が止まる。
「………」

ユウタ先輩はしばらくじっと何かを考えていたようだったけれど。
「バカなことばっかやってた俺をバスケ部に誘ってくれた親友がいて、」
シャツのボタンをまた一つ一つ止めていく。
「その時会ったのが、親友の妹のサヤちゃん。……自分でも知らないうちに好きになってた」
「それに気づいたのは、留学してからだけど」と、自分の気持ちを素直に打ち明けてくれたユウタ先輩。
最初にサヤカさんの話をしていた時と同じ、あの笑みだ。

……そうか。
もしかしたら、金髪のユウタ先輩が黒髪に戻したのも、公園でひとり過ごさなくなったのも、ケンカをしなくなったのも。
全部…サヤカさんの影響かもしれない。
好きな子のために、無意識でも変わりたいと思うのは、誰でも同じだよ。
だとしたら。
私なんかが、——敵《かな》うわけがない。

「それは…今も、……ですよね…、」
やっぱり最初から私じゃ無理だったんだ。
サヤカさんの代わりにすら、なれない。
「………」
それには答えずユウタ先輩が振り向いた時。

ブルル——ブルル——
私のカバンの中のケータイが震えた。

「………」
「………」
ユウタ先輩と無言で見つめ合う中、長いコール音が部屋に響く。
なんだか胸が苦しくて。
呼吸が上手くできなくて。ケータイに手を伸ばすと。
「……もしもし」
通話ボタンを押した。

『っ、亜美ちゃん？』
電話の相手は、……弟のタクマの幼なじみで近所の男の子だった。
私も昔からよく知ってる子。
『亜美ちゃん、ヤべぇよっ……タクマがっ』
「タクマ？」
一瞬、ユウタ先輩と目が合ったけれど、私はまたケータイを握り締めた。
『タクマが連れて行かれた』
え、……連れ……？
『このあいだアイツがケンカしたヤツらに』
「っ、ケンカ、って…？」
タクマはこの前、騒動を起こして病院に入院したばかりだ。
『俺も、よく分かんねぇけどっ―――』
電話の向こうで興奮した声が聞こえた時。

「ごめん、声が聞こえた、ちょっと変わって」

私からケータイを取り上げたユウタ先輩。
「ユウタ先輩…？」

ガクガクと身体が震える私の代わりに電話に出た。
「で？」
電話越しに言葉を少し交わしたあと。
「――分かった」
そう答えてから電話を切ると、ユウタ先輩が振り向いた。
「これから迎えに行く」
「え、」
もうユウタ先輩はドアに向かって歩いている。
「ユウタ先輩っ、」
私は、本当に白紙というか、頭が真っ白な状態で。
ただ、ひたすらユウタ先輩に従うだけ。

「――あ、俺、」
ユウタ先輩は、いったんドアの前で立ち止まり、どこかへ電話をしているみたいだった。
私はその間に急いで制服を着る。
「亜美、」
「っ、はい」
そしてホテルを出ると、そのままユウタ先輩と一緒に雨のやんだ道を、ひたすら駆け足で進んだ。

――――…

それから数分もしないうちに着いたビル街。
その一角にある古い雑居ビルの前で立ち止まったユウタ先輩。
「あのっ…、」
頭がパニックの状態で、ユウタ先輩を見上げる。
「ここは危ないヤツらの溜まり場だから、亜美はここで待っていた方がいい」
「えっ、あ、」
戸惑っている間にユウタ先輩がドアを開けて中へ入っていく。

ここにタクマがいるの……？
何がなんだか分からない。
けど、こんなに怪しい場所へためらいもなく入っていったユウタ先輩は。
―――まるで別の世界の人みたいだった。

しばらくしてドアが開いた。
ほっとした気持ちと不安が、身体中を交差する。
気が気じゃなくて胸に手を当てていると、中から不良というか。
出《い》で立《た》ちが普通じゃなさそうな男の子が何人か出て来た。
その中には。
「あ、…、」
いつだったか、街でバッタリ出会ったユウタ先輩の友達もいる。
腕に切り傷があった、あの男の子だ。
そして、その後ろから。

「タクマ……？」
ユウタ先輩に連れられて、タクマが出て来た。
「っ、タクマっ」
絡《から》みそうになる足で、私はタクマの元へ駆け寄った。
「なにやってんのっ」
「姉ちゃん？」
「っ、心配ばっかりさせて、……バカっ」
半分泣きながらタクマの胸をポカポカ叩《たた》いていると。

ユウタ先輩の友達の声が、ふと聞こえてきた。

「ユウタ、おまえまだ、結構やれるんじゃん」
ユウタ先輩の肩へ彼が軽く手を乗せると、ユウタ先輩は、あきらめたように息を吐き出しながら。
ビルの壁に寄りかかった。

…………。
なにが起こったのかなんて分からない。
この状況も。
分からないけど。
いつもと違って深く反省しているタクマの顔を見れば、それ相応の場面があったんだって……想像できる。
私は息を飲み込みながら、いつもとは全然違う。
まだわずかに殺気の残るユウタ先輩の元へ、ゆっくりと歩み寄った。
「ユウタ先輩……」
目の前で立ち止まると、ユウタ先輩が落としていた視線を、ふっと上げた。
「なんだろうな、こういうの。捨てたくても捨てられないってヤツ？」
これが本当の俺だとでも言うように。

「俺がいたら、亜美はもっとトラウマを引きずるだろ？」
袖を捲《まく》って、コキコキと手首を振るユウタ先輩。

「っ、そんなこと、」
“ない”と言えば。

また私は、ユウタ先輩を縛ってしまう。
苦しめてしまうような……気がした。
もう私から解放してあげなきゃいけないのに。
だから私は――…

「っ、ユウタ先輩が傍にいるとトラウマに、……なります」

言ってしまった。
本当に、言ってしまった……。

「…そうか」と小さくつぶやいて、真っ直ぐ私へ向けられた、ユウタ先輩の目。

泣くな……私。
今、泣いたら、すべてが無駄になる。

「亜美」
泣かないように視線を落としていたのに、優しい声で呼ばれた私は、反射的に顔をあげてしまった。

「俺みたいな男は幸せにはならないから、安心していいから」
いつだったか公園で、金髪の彼に向けて放ったユウタ先輩の言葉をもう一度聞いた。

「その傷、本当に悪かった。謝《あやま》っても謝りきれないけど、」
キレイな指先で、首元の傷をそっと撫《な》でてから。
「苦しいな、ほんと」
“ここ”と、親指で胸をさすユウタ先輩。

「……苦しいです、」
ぐっと涙に耐えて答えてから、私はユウタ先輩へ最後の言葉を放った。
———これ以上、ユウタ先輩の傷を深くしないために。

「私はもう……ユウタ先輩には会いませんから……、」

会いたい、なんて言わない。
電話もしない。
メールもしない。
———もう二度と。

それが、ユウタ先輩にできる精一杯のことだから。
私は……もう…。

数秒間の沈黙が続いたあと。

「分かった。…俺も、亜美には会わない」

ゆっくりと、歩き出すユウタ先輩。
—————、
すれ違う瞬間、
ユウタ先輩の腕と、私の肩がわずかに触れた。
まるで最後の挨拶の代わりだというように。

そして。

一度だけ、足を止めて振り返ったユウタ先輩。

「俺は、亜美と出会わなければ良かった、なんて…思ってないから、」

———ユウタ…先輩…、

ユウタ先輩の最後の言葉は。
張り裂けそうな胸に、優しく響いて。
崩れ落ちそうな身体を、強く支えてくれて。
せめて返事だけでも、と思うのに。
「っ、」
声は、もう声にならなかった。
再び歩き出すユウタ先輩。
私は振り返るのが精一杯だった。

消える。
ユウタ先輩が、消えてしまう。

うっすらと霞《かす》んでいく視界。
私はぎゅっと唇を強く噛みしめた。
最後まで泣いたりしない。
ユウタ先輩の姿が消えるまでは。

もう二度と見ることのない
———優しいあの背中を

——…
————————…
帰りはタクマと一緒だった。
弟と２人きりで歩く…なんて何年ぶりだろう…。
ただ私の頭の中は、まだ真っ白なまま。
「姉ちゃんさぁ、俺、明日から勉強するわ、マジメに」
「………」
タクマの嘘《うそ》か本当か分からない嬉《うれ》しい宣言。
なのに、半分も正気でいられない。

「…なぁ、あいつ、前によく公園にいた金髪だろ？」
————、
タクマの口から飛び出したひとことに、ひたすらぼーっと歩いていた私は、はっと顔を上げた。
「さっき、あのビルでは、…マジで凄《すご》かったつーか、」
「………」
「俺、とてもじゃねぇけど、ああはなれねーし」
タクマが道端に転がっていた石をカツンと蹴り上げた。

「俺さぁ、前にも助けてもらってんだよな、あいつに」
「え…、」
「あのころ俺がイジメられてたって言っても、姉ちゃん信じねぇ、つか、知らねぇだろ」
「え、イジ……」
タクマの意外な告白に、ユウタ先輩でいっぱいだった私の頭の中が、さらにゴチャゴチャになっていく。
「俺、よく公園にクラスメイトのヤツらから、呼び出されてた」
「…タクマ…？」
「そん時、あいつが俺を助けてくれたってわけ」

タクマが金髪の彼に憧れていた理由。
そんなことが……あったなんて、知らなかった。
じゃ、ユウタ先輩がタクマを……。

だとしたら。
ユウタ先輩は、あの頃も今と同じ。
変わったわけじゃない。
ずっと一緒なんだ。

今と、ずっと。
今も———…

「ぅっ……うぁっ……」

さっきまで我慢していた涙が、一気にあふれ出す。
「…姉ちゃん？」
タクマの前なのに。
弟の前で大泣きするなんて、恥ずかしいことこの上ないのに。

「……ぅあっ…うっ…っ…」

恋の痛みは、私なんかの想像を遥かに越えていた。
勝手に触れて。

ヤケドして。
心の中にまで、見えない傷を残して。
それなのに、いまだにユウタ先輩の優しい声だけが何度も
揺れて。
揺れて。
―――涙が止まらない。

後悔なんてしていないのに。
あれで良かったんだって、心の底から思っているのに。

「ぅっ……ユウタ、せんっ……ぱぃっ……」

こんなにも涙が流れるのは。
悲しいからでも
悔しいからでも
寂しいからでも……ない。
ユウタ先輩への想いが本物だった証《あかし》なんだ。
たった一つの……私の恋。

だから忘れるんじゃない。
失ったんじゃない。
前へ進んでいくだけ。

私もユウタ先輩も――――

—Side by ユウタ—

中学で金髪にしていた頃。
俺は周りから不良と呼ばれ、一日をただなんとなく過ごしていただけだった。
絡《から》まれればケンカもする。
ほんとに自分でも最低なヤツだった。

だからこそ。
あの乱闘に関係ない亜美を巻き込んでいたことを知った時。
自分が許せなかった。
事実を知って。
亜美があんなに傷ついているのを知って。

俺に残された少ない時間。
亜美の願いならなんでも聞くつもりで、傍《そば》にいることを決めた。
それがせめてもの償いになるのなら、と。

けど。
そんな考えは、所詮《しょせん》甘かった。
近づけば近づくほど、俺はもっと深く亜美を傷つけてしまっていたんだ。
苦しめていたんだ、きっと。

結局、俺は何ひとつ償えないまま、亜美と別れてしまった。
……さよなら、してしまった。

もう二度と会わない。
そう誓って。

───────…

「ユウくん、本当にそれで良かったの…？」

亜美と別れたあと、親友の家へ行った時だ。
玄関で妹のサヤちゃんにばったり会ったのは。
サヤちゃんには彼氏がいる。
だから普段、俺と２人きりになることは滅多にないのだが。
「何が？」
今日は、サヤちゃんの方から、いきなり話しかけてきた。

「亜美ちゃんのこと」
「…あみ…？」
「うん、亜美ちゃん」
俺の中で、無理やり止めていた振り子が一瞬、ぐらりと揺れる。

なんで亜美の名前を聞いただけで、こんなにも心が揺れなきゃいけないのか。……俺は。

「昨日ね、亜美ちゃんと偶然会ったんだ、私」
亜美と……？
靴を履く足が止まる。

「言われたとおり、ユウくんがまた留学先へ帰っちゃうことも、本当の帰国が半年以上先だってことも、亜美ちゃんには黙っておいたけど…。それで本当にユウくんは良かったの？」
「………」

最後まで亜美には言わなかったが。
俺は父親と離婚した母親が病気で入院したと知って、一時帰国していただけで。
母親が経営している小さな塾を手伝うために、毎朝電車で通っていた。

だから留学中の俺は、母親が退院すれば、また戻らなきゃいけない。
———明日出発の飛行機で。
正式に向こうの高校を卒業して帰って来るのは数ヶ月後だ。

「…いいも悪いも」
半年もあれば亜美は俺のことなんか憎いくらいにしか、思わなくなる。
多分、きっと。

「これで良かったんだよ」

亜美と一緒にいても傷つけるだけだ。
俺が隣にいても…。
そう答えて玄関を出ようとした俺を。

「でも亜美ちゃん。寂しそうだったよ」
サヤちゃんのひとことが止めた。
…………。
「私に、ユウくんのこと何も聞かないの。まるで我慢…してるみたいだった」

……亜美が我慢？
いや、ない。
そんなことは、…ない。
亜美は、はっきりと“俺がトラウマになる”そう言ったんだ。
我慢…なんてあるはずがない。

「亜美ちゃん、最初に会った時は、ユウくんの話をするだけで顔が真っ赤になってたり。分かりやすいよね」
「………」
「ユウくんだって本当は寂しいんじゃ、……違うの？」

一瞬、時間が止まった気がした。
自分でも気づかない心の中を見透かされて。

「…ユウくんって、自分にまで秘密を作るんだね」
「……俺が？」
とぼけてみたけど、あれは自分に吐いた嘘《うそ》だった。
亜美から離れた方がいいなんて。
ただカッコつけただけの言い訳だってこと。

本当は俺の方が必要だったんだ。

“余計なことを考えない時間”
あの言葉は、嘘じゃなかった。
会うたびに亜美がくれた。
大切な時間だった。

いつの間にか俺は———…

「ねぇ、ユウくんにとって、本当に大切な人は誰なんだろうね？」
「俺にとって大切な…」

白紙にしたばかりの心の中。
消しても消しても浮かんでくるのは———

————、

いや。
俺は、心の中で首を何度も横に振った。

そうだとしても。
もう終わったんだ。
今さら時間が戻るわけじゃない。

自分で終わらせた

……はずだった。

恋はそのとき、時を刻む

身体の傷と
心の傷は

どっちが深く

私の中に痕《あと》を
残したんだろう……。

ユウタ先輩は今
幸せですか……？

＊＊＊＊＊＊＊

久しぶりに見た
———あの夢

『てめぇっ、ふざけてんじゃねぇよっ』
『やってやろうぜっ』

―――公園での乱闘

『おまえっ、桜中のマエジマだろっ、』

―――…マエジマ……？
―――っ、

それは一瞬の出来事だった。
名前を呼ばれた金髪の彼がケンカの相手を殴《なぐ》った拍子に
『…っ、』
私の首へタバコの火が押し付けられた。
そして、そのあとすぐ。
『ユウタっ、やべぇよ、警察くるっ』
誰かが公園へ呼びに来た。

―――ユウタ？
…マエジマ……ユウタ

私の中に残っていた記憶。
だから、ユウタ先輩の名前を聞いたことがあると思ったんだ。

“俺は、亜美と出会わなければ良かった、なんて…思ってないから”

……ユウタ先輩。

———会いたい

＊＊＊＊＊＊＊

「お、亜美、勉強やってるやってる」
３年生になってまた同じクラスになったミサキが、私の手元をのぞき込む。
「卒業したら留学希望なんだって？」
「うん、まぁね」

あれから……。
ユウタ先輩と最後に会ってから。
１年以上が経《た》とうとしていた。

今年は私も受験生になるし、もうぼんやりとはしていられない。
「亜美が留学？　まさかだろ」
「空気が読めないヤツは黙ってなさい、智哉くん」
「うるせーよ、ミサキ」

１年前のあの日。

『亜美が白柳さんたちにいろいろされたのは、智哉、あんたが関係あるんだからね！』

そうミサキが智哉に言ったらしい。
ユウタ先輩の写真を智哉が持って来た、あの日のことだ。

あれから智哉は。
『ごめんな、俺マジで空気読めてねぇわ』
そう私に謝《あやま》ったあとで、
『告《こく》ったの、白紙に戻してくれ。俺、自分が情けねぇから』
自分から告白を取り消した。
———智哉は、今もいい友達だ。

私の周りは、この1年余りでいろいろ変わった。
もちろん私自身もそう。
なるべく勉強に集中していた月日は、苦しかったけど。
悪い夢も何度となく見たけれど。
その分、私を変えてくれていた。
———強く、強く。

なのに、なんでだろう…。
ユウタ先輩への気持ちだけは、今も色あせることはなくて。
留学を目指している私は、無意識に先輩のあとを追っているのかもしれないな。

“俺は、幸せにはならないから、安心して”

あの時は、何も考えられなかった言葉の意味も。
今なら分かるんだ。
声にしなかった、ユウタ先輩の気持ちも。

けど、先輩。
それは違うんだよ。
この１年で分かったの。
ユウタ先輩が幸せじゃないと
私も幸せにはなれないんだ、ってことが。

――…
――――――…
今日は、電車に乗ってみようかな……。
ユウタ先輩には、あの時。
“もう会いませんから”と宣言をした。
でも。
電車に乗れば、嫌でもユウタ先輩を思い出してしまう。
だからあのあと私は、バス通学に変えていた。
けど、それももう時効かもしれないな。

「うーん、気持ちいい」
朝のホームに立つと風を感じるだけで懐《なつ》かしさが蘇《よみがえ》ってくる。
そういえば、ユウタ先輩が私を助けてくれたのも、こんな春の朝だったっけ……。
追いかけて行ったとか、ストーカーじゃん、自分。
なんて笑いながら。
すべてが懐かしい思い出だ。

…………。
もう思い出……のはずなのに。
私は今も、ユウタ先輩を捜《さが》している。

心のどこかで、求めてしまう。

電車に乗り込んでからしばらくして。
『身長高いですよねー、』
『どのくらいあるんだろ、隣に並んで比べてみてもいいですかっ？』
どこからか女の子たちの興奮する声が聞こえてきた。
どうやらお目当ての彼が目の前にいるらしい。
…………。
そういえば私も、そんな風にユウタ先輩の隣に立つのが嬉《うれ》しくて、はしゃいでいたことがあったな、って。
英単語帳を片手に、懐かしく思っていた。

……もうユウタ先輩は
いないのに。

いない
ユウタ先輩は———…

『…ごめん、』

その時。
電車の揺れる音と一緒に耳へ届いた、柔らかな低い声。

今の……。
ううん、そんなはずない、
だって、ユウタ先輩がここにいるはずが……。

記憶の中に残る声を否定していた時。

『悪いけど。隣は、彼女限定だから』

さっきの女の子たちに向かって、やんわりと放たれた断りの言葉。

…彼女…限定

―――まさか。

自分の耳を疑いながら、車両の隅で固まっていると。
突然。ふわりと漂《ただよ》った甘い香り。
「…っ」
背後に感じるのは、甘くて切《せつ》なくて。
絶対に忘れることのない、愛しい気配。

会いたくて。
ずっと会いたくて……。

英単語帳を見ているはずなのに、だんだん黒い文字が霞《かす》んでいく。
私は一歩も動くことができないまま。
真後ろに立つ彼に向かって声をかけた。

「……もう会わないって、言ったじゃないですか、……」

ねぇ。
ユウタ先輩…。

「…なんで…っ」

たとえ偶然同じ電車に乗ってしまったのだとしても。
無視すればいいだけなのに。
もう私は、立っているのが精一杯だ。
涙が……止まらない。

「ごめん、亜美との約束。……守れなかった」

頭上で聞こえた声は紛《まぎ》れもなく
会いたくて仕方なかったユウタ先輩で。

「…私なんかに声をかけても得をすることなんて…ありませんよ……先輩……」
声が震えて止まらない。
だって。
会えば、また傷つくかもしれない。
話せば思い出してしまうかもしれない。
そうでしょ…？
ユウタ先輩…。

「…傍《そば》にいるだけで苦しいって……、」
いつだったかユウタ先輩が自分の胸を指して言ったように。

それでもユウタ先輩は。
そっと私の耳元へ顔を寄せて。
甘い息と一緒に、ささやいた。

「…分かってる、」
「だったら、なんで……、」
「なんでか自分でも分からない。けど、亜美のことが忘れられなかった。……会いたくて」
「…ユっ…」

「………会いたくて」

触れれば
またきっとヤケドする。

けど、私は
どうしたって
ユウタ先輩が、好きだ。

好きで仕方ない。

だから。

「やっぱりユウタ先輩じゃなきゃ、
……ダメなんです、私…、」

涙まじりにそう言うと、ユウタ先輩は。

「……俺も」って。

あの低くて、甘い声で。
そっと私に、答えてくれた。

キミの隣は
　　まだ空いていますか…？

ここからが本当の
　私と、ユウタ先輩の
　　　　　時間

Fin

■あとがき■

『＊彼女限定＊―ずっとキミが好き―』を最後まで読んでいただいてありがとうございます。
作者の“みらい”です。

『＊彼女限定＊』は、恋する女の子なら誰もが一度は経験するかもしれない“片想い”をテーマにして、亜美とユウタ先輩の恋を書いたお話です。このたびは本という形にしていただいて本当に感謝しています。ありがとうございます。

恋はドキドキして、胸キュンで。
なのに苦しくて、時々泣いちゃう日もあって。
本当に感情が賑《にぎ》やかになってしまうけど。こんなにたくさんの人が溢《あふ》れている中で、出会って恋ができるのは奇跡に近いことだから、ずっと好きでいられる気持ちを大切にしたいと思う私です。
皆さんも、どうか素敵な恋をして下さい！

今までもこれからも。切《せつ》なくて甘くて、胸がキュンと鳴って。そして最後にはどこか優しさが残るような恋のお話を書いていけたらいいなぁ、と思っています。

■番外編・亜美とユウタ先輩の内緒の会話■
「ユウタ先輩、身長ってどのくらいあるんですか？」
「…なんで身長？」
「あ、…高いなぁと思って」

「１年くらい前だけど、179センチ？」
「えっ、じゃ今はもっとあるかもなんですか⁉」
「…さぁ、どうだろ？」
「だったら先輩、誕生日は？」
「…３月」
「あ、じゃ、私と同じ歳になることもあるんだ⁉」
「俺、中身は結構ガキだけど。危ないことだって考えてるし」
「えっ⁉」
（今の、聞かなかったことにしよう。…うん）
「あのっ、じゃ血液型は？」
「血液？　俺がケガでもした時に輸血でもしてくれんの？」
「っ、そういうわけじゃ…。いえ、でもします！」
「…冗談だって」
「う…、」
「O型」
「えっ、O型ですか」
（あとで相性、調べておこうっと）

「亜美は、」
「はい？」
「俺のこと——」
「え？」
「…やっぱり、なんでもない」

■最後に皆さまへ感謝を込めて。Sweet×Love　みらい

ピンキー文庫公式サイト

pinkybunko.shueisha.co.jp

著者・みらいのページ
（E★エブリスタ）

★ ファンレターのあて先 ★

〒101-8050　東京都千代田区一ツ橋2-5-10
集英社 ピンキー文庫編集部 気付
みらい先生

ピンキー文庫

＊彼女限定＊
—ずっとキミが好き—

2013年11月30日　第1刷発行

著　者　みらい

発行者　鈴木晴彦

発行所　株式会社集英社
〒101-8050　東京都千代田区一ツ橋2-5-10
電話 03-3230-6255（編集部）
03-3230-6393（販売部）
03-3230-6080（読者係）

印刷所　凸版印刷株式会社

★定価はカバーに表示してあります

ISBN 978-4-08-660098-9 C0193